Feuer, Wasser, Luft & Erde

Feuer, Wasser, Luft & Erde

Die Poesie der Elemente

Herausgegeben von
Anton G. Leitner

Philipp Reclam jun. Stuttgart

Mit 11 Abbildungen

Ingrid und Anton Leitner,
meinen Eltern, gewidmet.

In Erinnerung an meinen Freund,
den Dichter Gerhard Neumann (1928–2002).

Universal-Bibliothek Nr. 18246

Umschlaggestaltung: Birgit Lukowski, Berlin
unter Verwendung des Gemäldes *Sonnenaufgang über einem See*,
um 1840, von William Turner (London, The Tate Gallery)
Gesamtherstellung: Reclam, Ditzingen, Printed in Germany 2003
RECLAM und UNIVERSAL-BIBLIOTHEK sind eingetragene Marken
der Philipp Reclam jun. GmbH & Co., Stuttgart
ISBN 3-15-018246-8

www.reclam.de

Inhalt

Vorwort 15

Prolog
23

FRIEDRICH SCHILLER
Punschlied 25

I
Denn was das Feuer lebendig erfaßt
(Johann Wolfgang Goethe)
27

JOHANN WOLFGANG GOETHE
Römische Elegie IX 29

GERT HEIDENREICH
Theuville, am Kamin, Nacht 30

ANNETTE VON DROSTE-HÜLSHOFF
Das Hirtenfeuer 31

EDUARD MÖRIKE
Der Feuerreiter 34

ADELBERT VON CHAMISSO
Das Auge 36

HEINRICH HOFFMANN
Die gar traurige Geschichte mit dem Feuerzeug 39

THEODOR FONTANE
John Maynard 41

HEINRICH HEINE
Die Lehre 45

ULRIKE DRAESNER
jemand gab mir feuer 46

KAROLINE VON GÜNDERRODE
Die Malabarischen Witwen 47

KARL KROLOW
Erinnerung an Feuer 48

SIGMUND VON BIRKEN
Sonnet in der Form eines geöffneten Buches . 49

PAULUS MELISSUS
Sonnet Jörgen von Averli, vnd Adelheiten von Grauwart 50

BERTOLT BRECHT
Über Schillers Gedicht »Die Glocke« 51

HEINRICH HEINE
Ich bin das Schwert, ich bin die Flamme . . . 52

ERICH FRIED
Auf freiem Markt 52

GÜNTER KUNERT
Der Schatten 55

ANDREAS GRYPHIUS
Elias 56

DIETER M. GRÄF
Sekunden des Sinai. Endlos 57

FRIEDERIKE MAYRÖCKER
tempelhüpfen 58

ERNST MORITZ ARNDT
Aus Feuer ist der Geist geschaffen 59

LUDWIG STEINHERR
Feste Welt 60

II
Und wird das Wasser sich entfalten
(Johann Wolfgang Goethe)
61

WILHELM BUSCH
Das Bad am Samstagabend 63

JOHANN WOLFGANG GOETHE
Der Zauberlehrling 64

NOVALIS
Badelied 68

OTTO ERNST
Nis Randers 69

ARNO HOLZ
Een Boot is noch buten! 71

BETTINE VON ARNIM
Seelied 73

FRIEDRICH HEBBEL
Das Kind am Brunnen 75

JOSEPH VON EICHENDORFF
Meeresstille 77

HEINRICH HEINE
Ich weiß nicht, was soll es bedeuten 78

GOTTFRIED KELLER
Seemärchen 79

GOTTFRIED BENN
Liebe 80

GABRIELE TRINCKLER
einer forelle 81

KARL A. KÜHNE
Das liebste Spiel beim Brunnen 82

ILMA RAKUSA
Wasserinventar 83

AUGUST STRAMM
Mairegen 84

GERT HEIDENREICH
Am Weßlinger See 85

FRIEDRICH HÖLDERLIN
Der Neckar 87

FITZGERALD KUSZ
fläiß fluß 89

CONRAD FERDINAND MEYER
Zwei Segel 90

ANTON G. LEITNER
Kanarische Sicht, Weise 91

DIETER P. MEIER-LENZ
abend am meer 92

LUDWIG STEINHERR
Privatvorstellung 93

JEAN KRIER
Mag ja sein, daß ich mich geirrt habe 94

JÜRGEN PREUSS
Paradiesel 95

SULEMAN TAUFIQ EL-AUWAD
mataregen 95

FRIEDERIKE MAYRÖCKER
oder Vermont, an Ernst Jandl 96

DIETER P. MEIER-LENZ
warten auf wasser 97

RAINER MARIA RILKE
An der sonngewohnten Straße 98

FRIEDRICH RÜCKERT
Mild beschwichtendes Element 99

FRANK WEDEKIND
Wegweiser 100

III
Durchsichtig erscheint die Luft so rein
(Johann Wolfgang Goethe)

103

JOSEPH VON EICHENDORFF
Mondnacht 105

AUGUST STRAMM
Vorfrühling 105

JUSTUS GEORG SCHOTTELIUS
Donnerlied 106

FRANZ JOSEF CZERNIN
luft, sonett 108

KLABUND
Die Pfeife zwischen den Zähnen 109

FRIEDRICH ANI
Ich wurde am Gedächtnis 109

MARIANNE WILLEMER
Ach um deine feuchten Schwingen 111

HEINRICH HEINE
Zum Ostwind sprach ich: Ostwind schere dich 112

ULRICH J. BEIL
Boreas 112

MARTIN OPITZ
Jhr / Himmel / lufft vnnd wind / jhr hügel voll von schatten 114

THEODOR STORM
Walpurgisnacht 115

CHRISTIAN MORGENSTERN
Die Luft 116

ADELBERT VON CHAMISSO
Der Müllerin Nachbar 118

AXEL KUTSCH
Don Quijote 119

HEINRICH HOFFMANN
Die Geschichte vom fliegenden Robert 119

HANS MAGNUS ENZENSBERGER
Der Fliegende Robert 120

THEODOR FONTANE
Der Kranich 121

NICO BLEUTGE
leichter sommer 122

GERHARD NEUMANN
Luginsland 123

HEINRICH HOFFMANN VON FALLERSLEBEN
Der kleine Vogelfänger 123

ANDREAS ALTMANN
insel sturm 124

KARL KROLOW
Zwitschern 126

IV

Und so kommt wieder zur Erde herab,
Dem die Erde den Ursprung gab.
(Johann Wolfgang Goethe)

127

WILHELM BUSCH
Ein Maulwurf 129

KARL KROLOW
Der Fall 130

ANNETTE VON DROSTE-HÜLSHOFF
Die Erzstufe 132

THOMAS KLING
grenzmuseum 1.0 134

BERTOLT BRECHT
Von der Freundlichkeit der Welt 135

DURS GRÜNBEIN
In der Provinz I 136

WILHELM LEHMANN
Im Winter zu singen 136

GEORG BRITTING
Abstieg vom Berg 137

EMERENZ MEIER
Vorfrühling 138

LUISE BÜCHNER
Treue 139

HEINRICH HEINE
Katharina VI 140

CATHARINA REGINA VON GREIFFENBERG
GOtt-lobende Frülings-Lust! 142

OSKAR LOERKE
Birken 143

FRIEDRICH RÜCKERT
Der Sämann 143

BARTHOLD HINRICH BROCKES
Beim Pflügen 145

GOTTFRIED AUGUST BÜRGER
Die Schatzgräber 146

CONRAD FERDINAND MEYER
Die Veltlinertraube 147

ULLA HAHN
Petersiliensommer 148

KLABUND
Berliner Mittelstandsbegräbnis 149

THEODOR FONTANE
Herr von Ribbeck auf Ribbeck im Havelland . 150

ROBERT GERNHARDT
Viel und leicht 152

Epilog
155

CLEMENS BRENTANO
Schwalbenwitz 157

Anhang
159

Verzeichnis der Autoren, Gedichte und Druckvorlagen 161
Gedichtüberschriften und -anfänge 177

Vorwort

Vier Elemente
Innig gesellt
Bilden das Leben,
Bauen die Welt.

Friedrich Schiller,
Punschlied

Manche Bilder verfolgen ihre Betrachter ein Leben lang. Jener strahlend blaue Septembertag im Jahr 2001, an dem sich zwei von Terroristen gekaperte Verkehrsflugzeuge in die beiden Türme des *World Trade Centers* bohrten, zufällig festgehalten von einer Videokamera, geht mir nicht mehr aus dem Kopf. Noch heute habe ich den *Feuerball* vor Augen, der unmittelbar nach dem Aufprall des ersten Flugzeuges aus den oberen Stockwerken des Büroturms schoss, mit pechschwarzen Rauchwolken im Gefolge, die den Himmel über New York verfinsterten, die *Luft* verpesteten. – Noch immer sieht man jene Familie im Osten Deutschlands vor sich, die sich im verregneten Sommer des Jahres 2002 vor den *Fluten* auf das Dach ihres Hauses gerettet hatte. Wie sie sich an den Kamin klammerten und buchstäblich in letzter Minute mit der Seilwinde eines Hubschraubers gerettet werden konnten, bevor ihr Anwesen von einer *Schlammlawine* fortgerissen wurde. Nicht etwa der Vater aller Ströme, der Amazonas, war nach heftigen Regenfällen über die Ufer getreten, sondern lediglich die Elbe und einige ihrer Seitenarme, Rinnsale im Verhältnis zu den großen Flüssen und Strömen der Erde.

Beispiele wie die genannten berühren unmittelbar die menschliche Existenz. Die freigesetzte Kraft der so genannten *Elemente* Feuer, Wasser, Erde und Luft sowie deren Zusammenwirken zieht die Menschen seit jeher in ihren Bann. Vielleicht ist es gerade die Doppelbödigkeit der *Elemente,* die eine so große Faszination erzeugt: Im »Ruhezustand« bergen sie den ganzen Zauber der Poesie in sich; sind sie aber einmal entfesselt, entfalten sie eine (Ur-)Gewalt, deren Wirkungen auch der Mensch im 21. Jahrhundert – trotz aller Versicherungen, Rückversicherungen, Rettungsdienste wie »Feuerwehr« und »Wasserwacht«, vorbeugender Schutzmaßnahmen wie Luftfilteranlagen, Erdbebenwarten oder gar Satelliten – ganz plötzlich und vollkommen hilflos ausgesetzt ist. Im alten Rom bedeutete der Entzug von zwei *Elementen* letztlich nichts anderes als die Verhängung der Todesstrafe: »Jemandem Wasser und Feuer verbieten«. Eine vierteilige ZDF-Fernsehserie zu den *Elementen* belegt das andauernde öffentliche Interesse daran ebenso wie der Erfolg von *mare*, einer eigenen »Zeitschrift der Meere«. Sie weckt und stillt offensichtlich die Sehnsucht des modernen Menschen nach dem Ozeanischen.

Das *Element* (lat. *elementum*) bezeichnet eigentlich von der Wortbedeutung her den Grundstoff, Urstoff, (Grund-)Bestandteil, das Einzelteil, die (Natur-)Kraft. Häufig steht es übertragen für ›grundlegend, Anfangs-‹. Die klassischen *Elemente* werden als Substanzen begriffen, ihre Namen *Feuer, Wasser, Luft* und *Erde* in der Regel substantivisch gebraucht.

Antike griechische Philosophen sehen *Elemente* als schöpferische Prinzipien. Die *Elemente* sind die einfachsten Bestandteile, deren Zusammenführung oder Trennung das Werden und Vergehen der Körperwelt bewirkt. Für Demokrit ist das Unteilbare, sind Atome auch das Wesen der Dinge, sie bringen alle anderen Erscheinungen hervor (z. B. durch ihre Anordnung, ihre Lage). In den Werken der Vorsokratiker wird die Natur als Ganzes zum Thema, aus Prinzipien wird das wahre Wesen und das Werden der Dinge erklärt. Thales soll das *Wasser* zu einem solchen Prinzip erklärt haben, Anaximenes die *Luft*, Heraklit das *Feuer*. Empedokles soll die vier Elemente *Feuer*, *Wasser*, *Luft* und *Erde* als Urstoffe angenommen haben. Während Empedokles die vier Elemente als unveränderlich betrachtet, sieht sie Aristoteles als ineinander umwandelbar an (diese Sichtweise wird Grundlage der späteren alchemistischen Transmutationslehre) und als letzte Bausteine der Welt. Die Elementelehre spielt übrigens auch in der Naturheilkunde, die »vier Temperamente« unterscheidet, eine große Rolle.

Heutige Naturwissenschaftler verwerfen die Konzeptionen der Vorsokratiker als »vorwissenschaftlich«. Für sie sind *Elemente* (chemische) Grundstoffe eines Ganzen, die nicht weiter in unterscheidbare Bestandteile zerlegt werden können. Bei *Feuer*, *Wasser*, *Luft* und *Erde* handelt es sich also nach moderner Anschauung um zusammengesetzte Erscheinungen und um keine elementaren Urkräfte, deren Zusammenwirken allen Erscheinungen zugrunde liegt.

»Die elementaren Prinzipien *Erde*, *Wasser*, *Feuer*, *Luft* können nicht auf ihre Erscheinungen reduziert werden, auch wenn sie nur durch ihre Erscheinungen, die Verkörperungen sind, erkannt werden können«, schreibt der österreichische Lyriker Franz Josef Czernin im Nachwort seines Gedichtbandes *elemente, sonette* (München 2002). Nach Czernin sind die vier Elemente als schöpferische Prinzipien nicht zu fassen oder gar physikalisch oder chemisch zu lokalisieren und zu »temporalisieren«: Das Element *Feuer* könne etwa »in Form eines leidenschaftlichen Gemütszustandes oder einer feurigen Rede« erfahren werden; *Wasser* in Form »eines Überschwanges oder eines fließenden Sprechens«; *Luft* etwa dann, »wenn man sich frei oder unbeschränkt fühlt oder in der *dünnen Luft* von Abstraktionen«; die *Erde* oder das Irdische entsprechend »als Dreck oder Staub«. Nach Empedokles seien »alle Dinge als Mischverhältnisse der Elemente zu verstehen. Selbst das reine Feuer einer Flamme, das klare Wasser einer Quelle, die reine Luft im Hochgebirge oder die schwarze Erde bestimmter Böden enthielten dann Anteile und deshalb Wirkungen der anderen Elemente«.

Die vier *Elemente* durchziehen als Konstanten der menschlichen Umwelt und irdischen Existenz die gesamte Lyrikgeschichte. Jedem Element ist in dieser Anthologie ein eigenes Kapitel gewidmet, jedes zeigt sich in seinen vielfältigen Erscheinungsformen, von den sanften bis zu den bedrohlichen Seiten:

Das *Feuer* strahlt Wärme aus, es zieht die Menschen an, fördert das gesellige Zusammensein. Auf der anderen Seite schlummert in ihm stets auch der Aspekt von Brandgefahr, und die Flamme menschlicher Leidenschaft vermag ebenfalls zerstörerische Züge anzunehmen.

Das *Wasser* könnte als personifizierter, elementarer Gegenspieler des Menschen betrachtet werden, dessen Körper zu 90 % Prozent aus Wasser besteht. Die See ist strömende und strudelnde Welle, die ein ozeanisches Gefühl auslöst, in der sich Ekstase und Reflexion verbinden. Der Blick in ihre Tiefen erschließt geheimnisvolle Unterwasserwelten und -wesen oder richtet sich auf entsetzliche Abgründe.

Die *Luft* wäre, würde sie sprachlich auf ein Gasgemisch reduziert, das die Erde umgibt, ›(luft)leer‹. Denn einem Menschen »die Luft abdrücken« heißt doch, seine *Existenz* auslöschen. Leider behandeln wir heute die Luft nur noch selten mit der Zärtlichkeit und Behutsamkeit, die ihr Joseph von Eichendorff in seiner berühmten *Mondnacht* angedeihen lässt. *Klar* und *rein* bleibt sie allenfalls in unserer Erinnerung. Im Smog einer Großstadt wünschen wir uns zwar auch Flügel, aber vor allem, um den Verkehrsstauungen und Abgasen, der *schlechten* Luft, zu entkommen.

Die *Erde* würde ein Naturwissenschaftler als den dritten Planeten im Sonnensystem bezeichnen, dessen Oberfläche zu 29 % aus Land und zu 71 % aus Wasser besteht; ein Bauer sieht in ihr die Ackerkrume. In der Dichtung bezeichnet *Erde* oftmals den immerwährenden Kreislauf von Vergehen und Werden. Ein Garant für Fruchtbarkeit und Reichtum einerseits, steht sie andererseits aber auch für den Verfall alles Organischen, für das Grab.

Das Spektrum »elementarer« Gedichte deutscher Sprache, die hier in vier Kapiteln oder »Büchern« versammelt sind, reicht von Paulus Melissus (1539–1602) bis zu Lyrikern der jüngsten Generation wie Nico

Bleutge (geb. 1972). Eine Mischung, in der Klassiker neben Unerwartetem und Unbekanntem stehen. Ein besonderes Augenmerk wurde bei der Auswahl auf lyrische Entdeckungen und Wiederentdeckungen gerichtet.

Am Ende erscheint es bemerkenswert, wie viele der ausgesuchten Gedichte in allen Epochen vorsichtig, sanft und poetisch, aber doch auch sehr bestimmt um einen schonenden Umgang des Menschen mit der Natur und den *Elementen* werben. Mehr als eine Bitte können Dichter in der Regel nicht formulieren, denn es ist nicht ihre Aufgabe, zu belehren oder zu bekehren. Diese lyrischen Texte, vor allem aber kriegerische Konflikte und die weltweiten Naturkatastrophen gerade der letzten Zeit demonstrieren eindrucksvoll, welch ungeheure Kraft *entfesselte Elemente* freisetzen können.

Inmitten meiner Heimatgemeinde Weßling liegt ein herzförmiger, idyllischer See, der auch Gert Heidenreich zu einem Gedicht inspiriert hat (*Am Weßlinger See*). Hier weilte einst kein Geringerer als Meister Renoir zur Sommerfrische, und welcher Literaturfreund kennt nicht jene Schwarz-Weiß-Fotografie von Christian Morgenstern, die ihn im Sonntagsanzug mit Hut als strammen Ruderer auf dem kleinen See zeigt. Der Weßlinger See wird auch als »Badewanne Münchens« bespöttelt. Seit mehreren Jahrzehnten muss er mit einer riesigen Pumpenanlage belüftet bzw. künstlich beatmet werden, damit er nicht »umkippt«. Die Pumpe stößt inmitten des Sees eine gewaltige Fontäne aus. Man könnte darin eine touristische Attraktion, aber auch einen sprudelnden Zeigefinger, eine flüssige Mahnung sehen.

Nun sind die Weßlinger keine besseren oder schlechteren Menschen als die Bewohner anderenorts. Den ökonomischen Interessen hat aber auch hier die Natur zu weichen. Steht ein Grundstück zum Verkauf an, holzen die Eigner meistens zuerst den alten Baumbestand ab, damit der Baugrund wirklich wirtschaftlich genutzt werden kann. Garagenneubauten fallen mitunter so wuchtig aus, dass die Häuser nur noch verschämt dahinter hervorspitzen. Die Vorplätze und Hinterhöfe werden mehr und mehr zugeteert, zugepflastert, zubetoniert, das Erdreich »pflegeleicht« verdichtet.

Es wäre zu wünschen, dass sich diese und andere Natur-Gedichte heimlich, still und leise ins Gedächtnis, ins Unterbewusstsein der Mitmenschen einnisten. Vielleicht bleibt dann durch die Wirkung der Poesie der ein oder andere Baum stehen, dieser oder jener Betonmischer im Ruhezustand. Frei nach dem Motto: mehr Verdichtung, d. h. Gedichte im Kopf, weniger verdichtete Flächen …

Besonderen Dank bei der Zusammenstellung der vorliegenden Anthologie schulde ich Nico Bleutge, Karin Fellner, Gabriele Trinckler sowie Dr. med. Felizitas Leitner.

Anton G. Leitner
Weßling im Frühjahr 2003

Prolog

Punschlied

Vier Elemente
Innig gesellt
Bilden das Leben,
Bauen die Welt.

Preßt der Citrone
Saftigen Stern,
Herb ist des Lebens
Innerster Kern.

Jetzt mit des Zuckers
Linderndem Saft
Zähmet die herbe
Brennende Kraft.

Gießet des Wassers
Sprudelnden Schwall,
Wasser umfänget
Ruhig das All.

Tropfen des Geistes
Gießet hinein,
Leben dem Leben
Gibt er allein.

Eh es verdüftet
Schöpfet es schnell,
Nur wenn er glühet,
Labet der Quell.

I

Denn was das Feuer lebendig erfaßt,
Bleibt nicht mehr Unform und Erdenlast.
Verflüchtigt wird es und unsichtbar,
Eilt hinauf, wo erst sein Anfang war.

(Johann Wolfgang Goethe)

Römische Elegie IX

Herbstlich leuchtet die Flamme vom ländlich geselligen Herde,
Knistert und glänzet, wie rasch! sausend vom Reisig empor.
Diesen Abend erfreut sie mich mehr; denn eh' noch zur Kohle
Sich das Bündel verzehrt, unter die Asche sich neigt,
Kommt mein liebliches Mädchen. Dann flammen Reisig und Scheite,
Und die erwärmete Nacht wird uns ein glänzendes Fest.
Morgen frühe geschäftig verläßt sie das Lager der Liebe,
Weckt aus der Asche behend Flammen aufs neue hervor.
Denn vor andern verlieh der Schmeichlerin Amor die Gabe,
Freude zu wecken, die kaum still wie zu Asche versank.

Theuville, am Kamin, Nacht

Das Feuer treibt Käfer hervor aus der
singenden Rinde des Knittels: so
sicher ihr Bunker, so hastig die
Flucht zum Ende des Holzwegs.

Streit mit dem Wein um das Brot.
Morgen, gleich früh, mit der Milch reden.
Blumenschatten auf der Wand: zuckende
Baumsilhouette einer Steppe im Feuer.

Sicher ist nur, daß die Schatten der
Blumen mitverwelken werden. Fraglich der
Schlaf, in dem ein ermüdeter Gott mir
das Feuer wieder entzieht.

Uns allen vielleicht.
Ja. Uns allen.

Das Hirtenfeuer

Dunkel, Dunkel im Moor,
Über der Heide Nacht,
Nur das rieselnde Rohr
Neben der Mühle wacht,
Und an des Rades Speichen
Schwellende Tropfen schleichen.

Unke kauert im Sumpf,
Igel im Grase duckt,
In dem modernden Stumpf
Schlafend die Kröte zuckt,
Und am sandigen Hange
Rollt sich fester die Schlange.

Was glimmt dort hinterm Ginster
Und bildet lichte Scheiben?
Nun wirft es Funkenflinster,
Die löschend niederstäuben;
Nun wieder alles dunkel –
Ich hör des Stahles Picken,
Ein Knistern, ein Gefunkel,
Und auf die Flammen zücken.

Und Hirtenbuben hocken
Im Kreis umher, sie strecken
Die Hände, Torfes Brocken
Seh ich die Lohe lecken;

Da bricht ein starker Knabe
Aus des Gestrüppes Windel
Und schleifet nach im Trabe
Ein wüst Wacholderbündel.

Er läßt's am Feuer kippen –
Hei, wie die Buben johlen,
Und mit den Fingern schnippen
Die Funken-Girandolen!
Wie ihre Zipfelmützen
Am Ohre lustig flattern,
Und wie die Nadeln spritzen,
Und wie die Äste knattern!

Die Flamme sinkt, sie hocken
Aufs neu umher im Kreise,
Und wieder fliegen Brocken,
Und wieder schwelt es leise:
Glührote Lichter streichen
An Haarbusch und Gesichte,
Und schier Dämonen gleichen
Die kleinen Heidewichte.

Der da, der Unbeschuhte,
Was streckt er in das Dunkel
Den Arm wie eine Rute?
Im Kreise welch Gemunkel?
Sie spähn wie junge Geier
Von ihrer Ginsterschütte:
Ha, noch ein Hirtenfeuer,
Recht an des Dammes Mitte!

Man sieht es eben steigen
Und seine Schimmer breiten,
Den wirren Funkenreigen
Übern Wacholder gleiten;
Die Buben flüstern leise,
Sie räuspern ihre Kehlen,
Und alte Heideweise
Verzittert durch die Schmelen.

»Helo, heloe!
Heloe, loe!
Komm du auf unsre Heide,
Wo ich meine Schäflein weide,
Komm, o komm in unser Bruch,
Da gibts der Blümelein genug! –
Helo, heloe!«

Die Knaben schweigen, lauschen nach dem Tann,
Und leise durch den Ginster zieht's heran:

Gegenstrophe

»Helo, heloe!
Ich sitze auf dem Walle,
Meine Schäflein schlafen alle,
Komm, o komm in unsern Kamp,
Da wächst das Gras wie Brahm so lang! –
Helo, heloe!
Heloe, loe!«

Der Feuerreiter

Sehet ihr am Fensterlein
Dort die rote Mütze wieder?
Nicht geheuer muß es sein,
Denn er geht schon auf und nieder.
Und auf einmal welch Gewühle
Bei der Brücke, nach dem Feld!
Horch! das Feuerglöcklein gellt:
  Hinterm Berg,
  Hinterm Berg
Brennt es in der Mühle!

Schaut! da sprengt er wütend schier
Durch das Tor, der Feuerreiter,
Auf dem rippendürren Tier,
Als auf einer Feuerleiter!
Querfeldein! Durch Qualm und Schwüle
Rennt er schon, und ist am Ort!
Drüben schallt es fort und fort:
  Hinterm Berg,
  Hinterm Berg
Brennt es in der Mühle!

Der so oft den roten Hahn
Meilenweit von fern gerochen,
Mit des heilgen Kreuzes Span
Freventlich die Glut besprochen –

Weh! dir grinst vom Dachgestühle
Dort der Feind im Höllenschein.
Gnade Gott der Seele dein!
  Hinterm Berg,
  Hinterm Berg
Ras't er in der Mühle!

Keine Stunde hielt es an,
Bis die Mühle borst in Trümmer;
Doch den kecken Reitersmann
Sah man von der Stunde nimmer.
Volk und Wagen im Gewühle
Kehren heim von all dem Graus;
Auch das Glöcklein klinget aus:
  Hinterm Berg,
  Hinterm Berg
Brennts! –

Nach der Zeit ein Müller fand
Ein Gerippe samt der Mützen
Aufrecht an der Kellerwand
Auf der beinern Mähre sitzen:
Feuerreiter, wie so kühle
Reitest du in deinem Grab!
Husch! da fällts in Asche ab.
  Ruhe wohl,
  Ruhe wohl
Drunten in der Mühle!

Das Auge

Dir ist der alte Müller bekannt,
Bolei, der wackre, wird er genannt,
Bettlägerig ins zwanzigste Jahr,
Der Geist noch kräftig heiter und klar.

Ihn rührte der Schlag in der Schreckensnacht,
Wo vom Stall herüber, vom Sturme gefacht,
Der ungeheure Brand das Schloß
Ergriff und über das Dorf sich ergoß.

Wos galt zu retten, war er dabei
Der erste, der kühnste, der wackre Bolei;
Er meint' und sprang in die Glut hinein,
Der Stallknecht möchte zu retten noch sein.

Den Fritz begrub der lodernde Graus,
Selbst kam er mit brennenden Kleidern heraus,
Und wie er darauf ins Wasser sprang
Ward er gelähmt auf sein Leben lang.

Sein Aug ist wunderbarlich hell,
Den Kindern und Reinen ein freudiger Quell,
Doch nimmer den scharfen Lichtblick erträgt,
Wer selbst im Busen Nächtliches hegt.

Bolei war jüngst im Haus allein,
Es trat ein fremdes Weib zu ihm ein,

Ein Fäßlein Branntwein trug sie daher,
Den bot sie feil und rühmte ihn sehr.

Es steht nach Branntwein nicht mein Sinn,
Geh du mit Gott nur wieder hin.
Sie ließ sich nicht abweisen und trat
Zudringlich näher und trotzte und bat.

Er sah sie an verwundert schier:
Geh du mit Gott! was suchst du noch hier?
Sie machte frech der Worte noch viel,
Bis scharf sein Blick ihr ins Auge fiel.

Dem wollte sie noch nicht weichen sogleich
Und wurde doch stumm, und wurde doch bleich,
Da schrie sie auf: Was siehst du mich an?
Was willst du? Was hab ich Böses getan?

Er aber lag auf dem Lager dort,
Sah bloß sie an und sprach kein Wort;
Und zitternd stand sie gefesselt und schien
Unmächtig sich dem Blick zu entziehn.

Was willst du von mir, Entsetzlicher, sprich!
Laß ab von mir! was peinigst du mich!
Ich bin nicht schuldig: was hältst du Gericht!
Wend ab dein Auge, halte mich nicht!

Er aber lag auf dem Lager dort,
Sah scharf sie an und sprach kein Wort.
Und heftiger immer erzitterte sie
Und rang, sich los zu reißen, und schrie:

Wend ab dein Auge! was hast du erdacht?
Was hältst du mich fest? wer gibt dir die Macht?
Was dringt dein Blick mit dem blutigen Schein
Des lodernden Brandes so auf mich ein?!

Wer redet vom Brande? was geht der mich an?
Wie darfst du sagen: ich hab es getan?!
Ich sage: nein! was keiner weiß,
Das macht mich nicht bang, und macht mich
nicht heiß.

Er aber saß auf dem Lager dort,
Sah schärfer sie an und sprach kein Wort.
Sie rang, wie ihrer selbst nicht bewußt,
Da erscholl ein Schrei aus zerrissener Brust:

Du weißt es schon, daß ich es war!
Nun ja! nun ja! es ist doch wahr!
Der böse Feind hat mich versucht,
Die Liebe, was weiß ich? die Eifersucht!

Das weißt du, Fritz, der die Eh mir versprach,
Ging jetzt der Anne Marie doch nach;
Ich hatts ihm gesagt, und – wie er schlief –
Das Messer war scharf, der Schnitt war tief. –

Er zappelte noch und röchelte bang;
Das Blut, das rann die Dielen entlang;
Er hatte des Blutes entsetzlich viel!
Es trieb der Böse damit sein Spiel.

Ja! wenn die Flamme das Blut nur leckt
Mit roter Zunge, so wird es verdeckt.
Und unten im Stall war willig das Stroh,
Auf einmal flackert es lichterloh!

Sie sprachs und stöhnte, und raffte sich auf
Und war *verschwunden* in schnellem Lauf.
Er sah ihr nach erschrocken fast,
Bis er zum Beten sich stille gefaßt.

HEINRICH HOFFMANN

Die gar traurige Geschichte mit dem Feuerzeug

Paulinchen war allein zu Haus'
Die Eltern waren beide aus.
Als sie nun durch das Zimmer sprang
Mit leichtem Mut und Sing und Sang.
Da sah sie plötzlich vor sich steh'n
Ein Feuerzeug, nett anzuseh'n.
»Ei«, sprach sie, »ei, wie schön und fein!
Daß muß ein trefflich Spielzeug sein.
Ich zünde mit ein Hölzchen an,
Wie's oft die Mutter hat getan.«

Und Minz und Maunz, die Katzen,
Erheben ihre Tatzen.

Sie drohen mit den Pfoten:
»Der Vater hat's verboten!
Miau! Mio! Miau! Mio!
Laß steh'n! Sonst brennst du lichterloh!«

Paulinchen hört die Katzen nicht!
Das Hölzchen brennt gar hell und licht,
Das flackert lustig, knistert laut,
Grad wie ihr's auf dem Bilde schaut.
Paulinchen aber freut sich sehr,
Und sprang im Zimmer hin und her.

Doch Minz und Maunz, die Katzen,
Erheben ihre Tatzen.
Sie drohen mit den Pfoten:
»Die Mutter hat's verboten!
Miau! Mio! Miau! Mio!
Wirf's weg! Sonst brennst du lichterloh!«

Doch weh! die Flamme faßt das Kleid,
Die Schürze brennt, es leuchtet weit,
Es brennt die Hand, es brennt das Haar,
Es brennt das ganze Kind sogar.

Und Minz und Maunz, die schreien
Gar jämmerlich zu zweien:
»Herbei! Herbei! Wer hilft geschwind!
In Feuer steht das ganze Kind!
Miau! Mio! Miau! Mio!
Zu Hilf'! das Kind brennt lichterloh!«

Verbrannt ist alles ganz und gar,
Das arme Kind mit Haut und Haar
Ein Häuflein Asche bleibt allein
Und beide Schuh', so hübsch und fein.

Und Minz und Maunz, die kleinen,
Die sitzen da und weinen:
»Miau! Mio! Miau! Mio!
Wo sind die armen Eltern? Wo?«
Und ihre Tränen fließen
Wie's Bächlein auf den Wiesen.

THEODOR FONTANE

John Maynard

John Maynard!

»Wer ist John Maynard?«

»John Maynard war unser Steuermann,
Aushielt er bis er das Ufer gewann,
Er hat uns gerettet, er trägt die Kron,
Er starb für uns, unsre Liebe sein Lohn.
John Maynard.«

Die »Schwalbe« fliegt über den Erie-See,
Gischt schäumt um den Bug wie Flocken von
Schnee,
Von Detroit fliegt sie nach Buffalo –
Die Herzen aber sind frei und froh,
Und die Passagiere, mit Kindern und Fraun
Im Dämmerlicht schon das Ufer schaun,
Und plaudernd an John Maynard heran
Tritt alles; »Wie weit noch, Steuermann?«
Der schaut nach vorn und schaut in die Rund':
»Noch dreißig Minuten … Halbe Stund.«

Alle Herzen sind froh, alle Herzen sind frei –
Da klingt's aus dem Schiffsraum her wie Schrei,
»Feuer« war es, was da klang,
Ein Qualm aus Kajüt und Luke drang,
Ein Qualm, dann Flammen lichterloh,
Und noch zwanzig Minuten bis Buffalo.

Und die Passagiere, buntgemengt,
Am Bugspriet stehn sie zusammengedrängt,
Am Bugspriet vorn ist noch Luft und Licht,
Am Steuer aber lagert sich's dicht,
Und ein Jammern wird laut: »Wo sind wir? wo?«
Und noch fünfzehn Minuten bis Buffalo.

Der Zugwind wächst, doch die Qualmwolke
steht,
Der Kapitän nach dem Steuer späht,
Er sieht nicht mehr seinen Steuermann,
Aber durchs Sprachrohr fragt er an:
»Noch da, John Maynard?«

»Ja, Herr. Ich bin.«
»Auf den Strand. In die Brandung.«
»Ich halte drauf hin.«
Und das Schiffsvolk jubelt: »Halt aus. Hallo.«
Und noch zehn Minuten bis Buffalo.

»Noch da, John Maynard?« Und Antwort schallt's
Mit ersterbender Stimme: »Ja, Herr, ich halt's.«
Und in die Brandung, was Klippe was Stein,
Jagt er die »Schwalbe« mitten hinein,
Soll Rettung kommen, so kommt sie nur so.
Rettung: der Strand von Buffalo.

Das Schiff geborsten. Das Feuer verschwelt.
Gerettet alle. Nur einer fehlt!

Alle Glocken gehn; ihre Töne schwell'n
Himmelan aus Kirchen und Kapell'n,
Ein Klingen und Läuten, sonst schweigt die Stadt,
Ein Dienst nur, den sie heute hat:
Zehntausend folgen oder mehr
Und kein Aug im Zuge, das tränenleer.

Sie lassen den Sarg in Blumen hinab,
Mit Blumen schließen sie das Grab,
Und mit goldner Schrift in den Marmorstein
Schreibt die Stadt ihren Denkspruch ein:
»Hier ruht John Maynard. In Qualm und Brand,
Hielt er das Steuer fest in der Hand,

Georges de La Tour, *Maria Magdalena mit dem Totenschädel*
um 1640, Öl auf Leinwand (Paris, Louvre)

Er hat uns gerettet, er trägt die Kron,
Er starb für uns, unsre Liebe sein Lohn.
John Maynard.«

HEINRICH HEINE

Die Lehre

Mutter zum Bienelein:
»Hüt dich vor Kerzenschein!«
Doch was die Mutter spricht,
Bienelein achtet nicht;

Schwirret ums Licht herum,
Schwirret mit Sum-sum-sum,
Hört nicht die Mutter schrein:
»Bienelein! Bienelein!«

Junges Blut, tolles Blut,
Treibt in die Flammenglut,
Treibt in die Flamm hinein, –
»Bienelein! Bienelein!«

's flackert nun lichterrot,
Flamme gab Flammentod; –
Hüt dich vor Mägdelein,
Söhnelein! Söhnelein!

jemand gab mir feuer
das ich gar nicht wollte
was sollte ich damit
(mitten in der nacht)
und ich rannte herum
in den autos saßen menschen
ihr atem beschlug die scheiben
die autos standen am straßenrand
und ich rannte um es
wieder auszublasen das feuer
bis ich einen schwarzen lichtschalter fand
in einem hotel am bahnhof
eine lampe schwankte um ihren arm
ein vogel pfiff (nacht) und das feuer
knisterte hinten (oder war es nah)
im umspannwerk ich hatte es doch
gelöscht im takt zzzt zttt zzzt knisterte
mein limbisches hirn
eine entwicklerwanne das dumme ding
und der vogel schrie sein zzzt zttt zzzt in die nacht
wo das feuer manchmal sich
kleine vögel briet es
roch überall die anderen
sagten dass das der frühling sei
das feuer spielte blitz
und war ein baum
dabei wurde es lose (mein hirn) und
ein hotel mit schwarzem lichtschalter
als ich

darauf drückte machte es pscht und tscht und
dann immer heller zzzt zzzt zzzt
sprang vom hirn in den bauch
der kleine vogel briet
jetzt roch ich auch
dass es (doch) der frühling war.

KAROLINE VON GÜNDERRODE

Die Malabarischen Witwen

Zum Flammentode gehn an Indusstranden
Mit dem Gemahl, in Jugendherrlichkeit,
Die Frauen, ohne Zagen, ohne Leid,
Geschmücket festlich, wie in Brautgewanden.

Die Sitte hat der Liebe Sinn verstanden,
Sie von der Trennung harter Schmach befreit
Zu ihrem Priester selbst den Tod geweiht,
Unsterblichkeit gegeben ihren Banden.

Nicht Trennung ferner solchem Bunde droht,
Denn die vorhin entzweiten Liebesflammen
In einer schlagen brünstig sie zusammen.

Zur süßen Liebesfeier wird der Tod,
Vereinet die getrennten Elemente,
Zum Lebensgipfel wird des Daseins Ende.

Erinnerung an Feuer

Zündhölzer stecken
die Köpfe zusammen.

Der Geist einer Flamme
aus umgestürzten Kerzen –
man legte Brand
an ein Nachtstück.

Glut unbekannter Blicke:
lautlos brennende Zuneigung.

Jedesmal im Herbst
die Feuersnot
eines Blätterhauses.
Sturm warf die Lunte
nach ihm aus.

Dieses offene Licht
in deinen Augen.

[Sonnet in der Form eines geöffneten Buches]

Ich, Pallas, war bisher bey dir in hoher acht/
Fontano! hast du nun die alte Treu gebrochen?
bin ich von Margaris der Schönen, abgestochen?
soll ich von meinem Schatz Fontano seyn verlacht?
Ach nein! ich weiß/ das noch dein Herz in Liebe wacht/
in Liebe gegen mir: ob schon in dir will pochen
ein neuer Flammentrieb/ der deine Pein gerochen.
Bey Tag behalt ich dich: Sie hat dich bey der Nacht.
Wolan so liebe fort/ und theile deine Flammen.
Wir beyde wollen uns vertragen wohl zusammen:
Wann du mit beyden so den Leibes-wechsel übst.
Und wisse: so du mich nächst ihr beharrlich liebst/
ich will dein Sinnen-Lob bis an die Sterne schicken.
Du solst/ von manchem Buch/ die Erde überblicken.

Sonnet Jörgen von Averli, vnd Adelheiten von Grauwart

Was im Weltkreise rund allenthalb lebt vnd schwebet,
Wehrhafft erhalten wirdt durch gleich eintrechtigkeit,
Dann Gott vorkommen hat alle Zwyspaltigkeit
Daß inn all seim Geschöpff keins widers ander strebet.
Zwar jglicher Natur jhr eigenschafft anklebet,
Irrdisch vnd Himmlisch ding helt seine Richtigkeit.
Diß alles wirckt die Lieb durch jhr Einhelligkeit,
Vnd macht, daß in seim Standt nichts widersinns sich hebet,
Lieb ist ein Bidergeist, auß Fewr vnd Lufft vereint,
Ders Hertz mit Girdt entzündt, den mut mit Luste kühlet,
Da eins Gemüths vnd Willn ein par Ehvolck sich meint,
Solch jnre Brunst vnd Hitz mit frischer labung fület,
Dem Edlen Averli Adelheit die Hertzliebe.
Die Seel Menschlicher Seel ist Flammbrünstige Liebe.

Über Schillers Gedicht »Die Glocke«

Ich les, daß Feuer eine Wohltat ist
Solang der Mensch es zähmet und bewacht
Daß es ihn aber, ungezügelt, frißt.
Ich frage mich: an was hat der gedacht?

Was ist es, das er euch zu zähmen bittet?
Dies Element, das er so nützlich nennt
Gesittung fördernd, selber nicht gesittet –
Was für ein Element ist wohl dies Element?

Dies Feuer, diese Tochter der Natur
Die, ihrer Zügel los, durch eure Gassen wandelt
Mit roter Mütze auf, wer ist das nur?

Das ist nicht mehr die gute alte Magd!
Ihr habt wohl die Person zu mild behandelt?
Ich seh, sie hat euch nach dem Lohn gefragt.

HEINRICH HEINE

Ich bin das Schwert, ich bin die Flamme.
Ich habe euch erleuchtet in der Dunkelheit, und als die Schlacht begann, focht ich voran, in der ersten Reihe.
Rund um mich her liegen die Leichen meiner Freunde, aber wir haben gesiegt. Wir haben gesiegt, aber rund umher liegen die Leichen meiner Freunde. In die jauchzenden Triumphgesänge tönen die Choräle der Totenfeier. Wir haben aber weder Zeit zur Freude noch zur Trauer. Aufs neue erklingen die Drommeten, es gilt neuen Kampf –
Ich bin das Schwert, ich bin die Flamme.

ERICH FRIED

Auf freiem Markt

(für H. M. E.)

1.

Gebranntes Kind
fürchtet das Feuer
Gebrannten Kindes Kinder
fürchten das Feuer nicht

René Magritte, *Die Skala des Feuers*
1939, Gouache (Sammlung Foundation Edward James, Chichester, Sussex) © VG Bild-Kunst, Bonn 2003

Gebrannten Kinds Kindeskinder
malen sich aus
wie schön die Großeltern brannten
und sammeln feurige Kohlen

Nochmals gebranntes Kind
fürchtet kein Feuer mehr

Asche ist furchtlos

2.

Wer warnt wird gebrandmarkt
auf dem Markt der gebrannten Kinder
die das Feuer nicht fürchten
sondern die Brandmarken sammeln

Da gibt es feurige Krieger
und Brandmarketenderinnen
Feuerspeier
am Stammtisch mit Feuerfressern

Die gehören zusammen
wie Krieg und bewaffneter Friede
Sie spielen einander zu
sie geben einander Arbeit

Sie trinken Brandwein
und atmen Fahnen aus
im kalten Wind
und feuersprühende Lieder

Sie atmen auf freiem Markt
ihre Flammen bald aus bald ein
und die Menschen gehn ein und gehn aus
wie gelöschte Lichter

Der Schatten

In Hiroshima zeigt man einen Brückenbogen,
Daran der Schatten eines Menschen ist.
Der diesen Schatten warf, der fehlt, und wißt:
Seitdem die Überbombe kam geflogen.

Sie barst. Und einer Sonne Hitzewogen
Verdampften jenen schnell und ohne Frist
Für Abschiedsworte, die die Welt vergißt,
Und von ihm blieb, was in den Stein gezogen.

Doch wer der Unbekannte einmal war,
Weiß keiner, denn in seiner Todesstunde
Starb ebenfalls die Stadt mit Haut und Haar.

Daß nicht gleich ihm wir gehen so zugrunde,
Spricht uns sein stummer Schatten von Gefahr:
Wir sind das Fleisch. Er ist die offne Wunde.

Elias

DEr Flammen aus der Brust der Mutter hat gesogen;
Der von der heilgen Flamm des Eyvers heiß entbrant
Des Fůrsten Grimm verlacht / und dem verfůhrten Land
Durch Flammen hat entdeckt / wie Kron und Hauß betrogen:
Der Mann / auff dessen Wort die Flammen abgeflogen
Durch die erhitzte Lufft / und die der Ko̊nig sandt
Mit schneller Glutt verzehrt; ist als ihn Gott entbandt
Auch in dem Feur'gen Sturm aus diser Welt gezogen.
Er fehrt / doch unversehrt / kein feurig Roß und Wagen
Letzt den / der Feur im Mund und Hertzen pflag zu tragen /
Mit dem er Hertzen / mehr denn Marmorhart / zusprengt.
Der gantz von Feuer war / muß mit dem Feur hinscheiden:
Fragt ihr warumb sein Kleid nichts kan von Flammen leiden?
Mich wundert / daß es nicht weil er es trug / verseng't.

Sekunden des Sinai. Endlos

lästiger Heiligenschein, wie ihn
die Fliegen bilden.
                                        Oranges

Gerippe eines kokelnden
Feuers;
                glitzernde Farben
der Sekunden des Sinai,
                                                einer
Erdschrecke z. B.: weites,
falterndes Springen in i h r

Orange, wird dann wieder
gesteinig.
                    Kamelige Felsen;
der Wüstenberge Elefanten
haut

tempelhüpfen

».. ach, ich weisz es, und es ist mir
egal ..«: R. S. Thomas, weil, ich brenne ich flenne
ich flamme ich züngle ich zehre, weil, ich zahne
verzehre,
als Flechten die Feuerzungen meinen Rücken hinab
wie sie bersten
(Verbum) meine vergilbte Haut und verlumptes
Herzareal,
weil ich lungere schmutze schmeisze mich gegen die
Wand,
weil ich phantasiere wiederhole mir den miszglückten
Tod
meiner Mutter vor genau 70 Jahren, weil, ich fluche ich
flenne
ich durchdringe mich selbst ich zehre ich zerre mir
Haut und Farbe und Sprache von diesen meinen
brüchigen
Knochen, weil, ich sauge das eigene Blut sobald das
Messer
absichtlich dieses Messer das Spiel mit dem Messer am
Handgelenk, weil, ich brenne ab diese Haare diese
Zunge und
Zähne obwohl : bin ich noch nicht bereit zum Sprung
von
der Höhe des Dachgeschoszes, ich flenne ich flamme
ich
zünde mich an die Flechte der Flamme mein Rückgrat
entlang

wie Dalis in Flammen stehende Giraffe nicht wahr,
weil,
ich schreie ich tobe ich stampfe mich selbst bis an
die Knöchel in die aufgeweichte Erde des
verkommenen
Rasenstücks neben der Fahrbahn .. *wo Andalusien?*,
würde
ich diesen HIMMEL ertragen, – nein. Lieber
verkrusteten
Auswurf auf dem Asphalt lieber wälzen im
tiefsinnigen
Ekel im Unflat (der Emotion), ich meine Hagiographie
eines
von verdreckten *Gassenkindern* mit Kreide
gekritzelten Tempels
im Proletenpark: HIMMEL / HÖLLE .. ich glaube die
Himmelsleiter
hatte 6 Sprossen und oben fing der Engel die behutsam
geworfenen Steine auf, oder was.

ERNST MORITZ ARNDT

Aus Feuer ist der Geist geschaffen,
drum schenkt mir süßes Feuer ein!
Die Lust der Lieder und der Waffen,
die Lust der Liebe schenkt mir ein,
der Taube süßes Sonnenblut,
das Wunder glaubt und Wunder tut!

Feste Welt

Schalt das Licht an –
das Zimmer ist noch da
im Zimmer noch der Schreibtisch
auf dem Schreibtisch noch das Buch
im Buch noch die Seite
auf der Seite noch der Satz
im Satz noch der Funke
der Seite Buch Tisch Zimmer
und Haut und Haar
in Brand stecken kann

II

Und wird das Wasser sich entfalten,
Sogleich wird sich's lebendig gestalten;
Da wälzen sich Tiere, sie trocknen zum Flor,
Und Pflanzengezweige sie dringen hervor.

(Johann Wolfgang Goethe)

Das Bad am Samstagabend

Hier sieht man Bruder Franz und Fritzen
Zu zweit in einer Wanne sitzen.
Die alte Lene geht – und gleich
Da treibt man lauter dummes Zeug.
Denn Reinlichkeit ist für die zwei
Am Ende doch nur Spielerei. –

Jetzt will der Fritz beim Untertauchen
Nur seinen einen Finger brauchen.
Natürlich läuft ihm was ins Ohr,
Dem Franz kommt dieses lustig vor.
Das ärgert aber Bruder Fritzen,
Drum fängt er an, den Franz zu spritzen.
Doch der, mit seiner großen Zehe,
Tut Fritzen an der Nase wehe;
Dafür taucht Fritz den Kopf ihm nieder,
Was so im Wasser sehr zuwider.
Franz aber zieht an Fritzens Bein;
Der zappelt sehr und kann nicht schrei'n.
In Mund und Auge, zornentbrannt,
Greift jetzt die rachbegier'ge Hand.
Die Wanne wird zu enge
Für dieses Kampfgedränge.
Perdatsch!! – Die alte, brave Lene
Kommt leider grad' zu dieser Szene.

Sie spricht voll Würde und voll Schmerz:
»Die Reinlichkeit ist nicht zum Scherz!!«
Und die Moral von der Geschicht:
Bad zwei in einer Wanne nicht!

JOHANN WOLFGANG GOETHE

Der Zauberlehrling

Hat der alte Hexenmeister
Sich doch einmal wegbegeben!
Und nun sollen seine Geister
Auch nach meinem Willen leben.
Seine Wort' und Werke
Merkt' ich und den Brauch,
Und mit Geistesstärke
Tu' ich Wunder auch.

Walle! walle
Manche Strecke,
Daß zum Zwecke
Wasser fließe,
Und mit reichem, vollem Schwalle
Zu dem Bade sich ergieße!

Und nun komm, du alter Besen!
Nimm die schlechten Lumpenhüllen!
Bist schon lange Knecht gewesen;
Nun erfülle meinen Willen!

Auf zwei Beinen stehe,
Oben sei ein Kopf,
Eile nun und gehe
Mit dem Wassertopf!

Walle! walle
Manche Strecke,
Daß zum Zwecke
Wasser fließe,
Und mit reichem, vollem Schwalle
Zu dem Bade sich ergieße!

Seht, er läuft zum Ufer nieder;
Wahrlich! ist schon an dem Flusse,
Und mit Blitzesschnelle wieder
Ist er hier mit raschem Gusse.
Schon zum zweiten Male!
Wie das Becken schwillt!
Wie sich jede Schale
Voll mit Wasser füllt!

Stehe! stehe!
Denn wir haben
Deiner Gaben
Vollgemessen! –
Ach, ich merk' es! Wehe! wehe!
Hab' ich doch das Wort vergessen!

Ach, das Wort, worauf am Ende
Er das wird, was er gewesen.
Ach, er läuft und bringt behende!
Wärst du doch der alte Besen!

Immer neue Güsse
Bringt er schnell herein,
Ach! und hundert Flüsse
Stürzen auf mich ein.

Nein, nicht länger
Kann ich's lassen;
Will ihn fassen.
Das ist Tücke!
Ach! nun wird mir immer bänger!
Welche Miene! welche Blicke!

O, du Ausgeburt der Hölle!
Soll das ganze Haus ersaufen?
Seh' ich über jede Schwelle
Doch schon Wasserströme laufen.
Ein verruchter Besen,
Der nicht hören will!
Stock, der du gewesen,
Steh doch wieder still!

Willst's am Ende
Gar nicht lassen?
Will dich fassen,
Will dich halten,
Und das alte Holz behende
Mit dem scharfen Beile spalten.

Seht, da kommt er schleppend wieder!
Wie ich mich nun auf dich werfe,
Gleich, o Kobold, liegst du nieder;
Krachend trifft die glatte Schärfe

Wahrlich, brav getroffen!
Seht, er ist entzwei!
Und nun kann ich hoffen,
Und ich atme frei!

Wehe! wehe!
Beide Teile
Stehn in Eile
Schon als Knechte
Völlig fertig in die Höhe!
Helft mir, ach! ihr hohen Mächte!

Und sie laufen! Naß und nässer
Wird's im Saal und auf den Stufen.
Welch entsetzliches Gewässer!
Herr und Meister! hör' mich rufen! –
Ach, da kommt der Meister!
Herr, die Not ist groß!
Die ich rief, die Geister,
Werd' ich nun nicht los.

»In die Ecke,
Besen! Besen!
Seid's gewesen!
Denn als Geister
Ruft euch nur zu seinem Zwecke
Erst hervor der alte Meister.«

Badelied

Auf Freunde herunter das heiße Gewand
Und tauchet in kühlende Flut
Die Glieder, die matt von der Sonne gebrannt,
Und holet von neuem euch Mut.

Die Hitze erschlaffet, macht träge uns nur,
Nicht munter und tätig und frisch,
Doch Leben gibt uns und der ganzen Natur
Die Quelle im kühlen Gebüsch.

Vielleicht daß sich hier auch ein Mädchen gekühlt
Mit rosichten Wangen und Mund,
Am niedlichen Leibe dies Wellchen gespielt,
Am Busen so weiß und so rund.

Und welches Entzücken! dies Wellchen bespült
Auch meine entkleidete Brust.
O! wahrlich wer diesen Gedanken nur fühlt,
Hat süße entzückende Lust.

Nis Randers

Krachen und Heulen und berstende Nacht,
Dunkel und Flammen in rasender Jagd –
Ein Schrei durch die Brandung!

Und brennt der Himmel, so sieht man's gut:
Ein Wrack auf der Sandbank! Noch wiegt es die Flut;
Gleich holt sich's der Abgrund.

Nis Randers lugt – und ohne Hast
Spricht er: »Da hängt noch ein Mann im Mast;
Wir müssen ihn holen.«

Da faßt ihn die Mutter: »Du steigst mir nicht ein:
Dich will ich behalten, du bliebst mir allein,
Ich will's, deine Mutter!

Dein Vater ging unter und Momme, mein Sohn;
Drei Jahre verschollen ist Uwe schon,
Mein Uwe, mein Uwe!«

Nis tritt auf die Brücke. Die Mutter ihm nach!
Er weist nach dem Wrack und spricht gemach:
»Und seine Mutter?«

Nun springt er ins Boot, und mit ihm noch sechs:
Hohes, hartes Friesengewächs;
Schon sausen die Ruder.

Emil Nolde, *Herbstmeer XII*
1910, Öl auf Leinwand
(Frankfurt a. M., Sammlung Deutsche Bank AG)

Boot oben, Boot unten, ein Höllentanz!
Nun muß es zerschmettern ...! Nein: es blieb ganz! ...
Wie lange? Wie lange?

Mit feurigen Geißeln peitscht das Meer
Die menschenfressenden Rosse daher;
Sie schnauben und schäumen.

Wie hechelnde Hast sie zusammenzwingt!
Eins auf den Nacken des andern springt
Mit stampfenden Hufen!

Drei Wetter zusammen! Nun brennt die Welt!
Was da? – Ein Boot, das landwärts hält –
Sie sind es! Sie kommen! – –

Und Auge und Ohr ins Dunkel gespannt ...
Still – ruft da nicht einer? – Er schreit's durch die Hand:
»Sagt Mutter, 's ist Uwe!«

ARNO HOLZ

Een Boot is noch buten!

»Ahoi! Klaas Nielsen und Peter Jehann!
Kiekt nach, ob wi noch nich to Mus sind!
Ji hewt doch gesehn dem Klabautermann?
Gott Lob, dat wi wedder to Hus sind!«

Die Fischer riefens und stießen ans Land
und zogen die Kiele bis hoch auf den Strand,
denn dumpf an rollten die Fluten;
Han Jochen aber rechnete nach
und schüttelte finster sein Haupt und sprach:
»Een Boot is noch buten!«

Und ernster keuchte die braune Schar
dem Dorf zu über die Dünen,
schon grüßten von fern mit zerwehtem Haar
die Fraun an den Gräbern der Hünen.
Und »Korl!« hieß es und »Leiw Marie!«
»'t is doch man schön, dat ji wedder hie!«
Dumpf an rollten die Fluten –
»Un Hinrich, min Hinrich? Wo is denn dee?!«
Und Jochen wies in die brüllende See:
»Een Boot is noch buten!«

Am Ufer dräute der Möwenstein,
drauf stand ein verrufnes Gemäuer,
dort schleppten sie Werg und Strandholz hinein
und gossen Öl in das Feuer.
Das leuchtete weit in die Nacht hinaus
und sollte rufen: O komm nach Haus!
Dumpf an rollten die Fluten –
Hier steht dein Weib in Nacht und Wind
und jammert laut auf und küßt dein Kind:
»Een Boot is noch buten!«

Doch die Nacht verrann, und die See ward still,
und die Sonne schien in die Flammen,
da schluchzte die Ärmste: »As Gott will!«

und bewußtlos brach sie zusammen!
Sie trugen sie heim auf schmalem Brett,
dort liegt sie nun fiebernd im Krankenbett,
und draußen plätschern die Fluten;
dort spielt ihr Kind, ihr »lütting Jehann«,
und lallt wie träumend dann und wann:
»Een Boot is noch buten!« –

BETTINE VON ARNIM

Seelied

Es schien der Mond gar helle,
Die Sterne blinkten klar,
Es schliefen tief die Wellen,
Das Meer ganz stille war.

Ein Schifflein lag vor Anker,
Ein Schiffer trat herfür:
Ach wenn doch all mein Leiden
Hier tief versunken wär'.

Mein Schifflein liegt vor Anker,
Hat keine Ladung drin,
Ich lad' ihm auf mein Leiden
Und lass' es fahren hin.

Und als er sich entrissen
Die Schmerzen mit Gewalt,
Da war sein Herz zerrissen,
Sein Leben war erkalt'.

Die Leiden all schon schwimmen
Auf hohem Meere frei,
Da heben sie an zu singen
Eine finstre Melodei.

Wir haben festgesessen
In eines Mannes Brust,
Wo tapfer wir gestritten
Mit seines Lebens Lust.

Nun müssen wir hier irren
Im Schifflein hin und her:
Ein Sturm wird uns verschlingen,
Ein Ungeheuer im Meer.

Da mußten die Wellen erwachen
Bei diesem trüben Sang;
Verschlangen still den Nachen
Mit allem Leiden bang.

Das Kind am Brunnen

Frau Amme, Frau Amme, das Kind ist erwacht!
Doch die liegt ruhig im Schlafe.
Die Vöglein zwitschern, die Sonne lacht,
Am Hügel weiden die Schafe.

Frau Amme, Frau Amme, das Kind steht auf,
Es wagt sich weiter und weiter!
Hinab zum Brunnen nimmt es den Lauf,
Da stehen Blumen und Kräuter.

Frau Amme, Frau Amme, der Brunnen ist tief!
Sie schläft, als läge sie drinnen!
Das Kind läuft schnell, wie es nie noch lief,
Die Blumen locken's von hinnen.

Nun steht es am Brunnen, nun ist es am Ziel,
Nun pflückt es die Blumen sich munter,
Doch bald ermüdet das reizende Spiel,
Da schaut's in die Tiefe hinunter.

Und unten erblickt es ein holdes Gesicht,
Mit Augen, so hell und so süße.
Es ist sein eignes, das weiß es noch nicht,
Viel stumme, freundliche Grüße!

Das Kindlein winkt, der Schatten geschwind
Winkt aus der Tiefe ihm wieder.

Joseph Mallord William Turner, *Schiffe auf dem Meer*
um 1835–40, Wasserfarbe (London, Tate Gallery)

Herauf! Herauf! So meint's das Kind:
   Der Schatten: Hernieder! Hernieder!

Schon beugt es sich über den Brunnenrand,
   Frau Amme, du schläfst noch immer!
Da fallen die Blumen ihm aus der Hand,
   Und trüben den lockenden Schimmer.

Verschwunden ist sie, die süße Gestalt,
   Verschluckt von der hüpfenden Welle,
Das Kind durchschauert's fremd und kalt,
   Und schnell enteilt es der Stelle.

JOSEPH VON EICHENDORFF

Meeresstille

Ich seh von des Schiffes Rande
Tief in die Flut hinein:
Gebirge und grüne Lande
Und Trümmer im falben Schein
Und zackige Türme im Grunde,
Wie ich's oft im Traum mir gedacht,
Das dämmert alles da unten
Als wie eine prächtige Nacht.

Seekönig auf seiner Warte
Sitzt in der Dämmrung tief,

Als ob er mit langem Barte
Über seiner Harfe schlief';
Da kommen und gehen die Schiffe
Darüber, er merkt es kaum,
Von seinem Korallenriffe
Grüßt er sie wie im Traum.

HEINRICH HEINE

Ich weiß nicht, was soll es bedeuten,
Daß ich so traurig bin;
Ein Märchen aus alten Zeiten,
Das kommt mir nicht aus dem Sinn.

Die Luft ist kühl und es dunkelt,
Und ruhig fließt der Rhein;
Der Gipfel des Berges funkelt
Im Abendsonnenschein.

Die schönste Jungfrau sitzet
Dort oben wunderbar,
Ihr goldnes Geschmeide blitzet,
Sie kämmt ihr goldenes Haar.

Sie kämmt es mit goldenem Kamme,
Und singt ein Lied dabei;
Das hat eine wundersame,
Gewaltige Melodei.

Den Schiffer im kleinen Schiffe
Ergreift es mit wildem Weh;
Er schaut nicht die Felsenriffe,
Er schaut nur hinauf in die Höh.

Ich glaube, die Wellen verschlingen
Am Ende Schiffer und Kahn;
Und das hat mit ihrem Singen
Die Lore-Ley getan.

GOTTFRIED KELLER

Seemärchen

Und als die Nixe den Fischer gefaßt,
Da machte sie sich abseiten;
Sie schwamm hinaus mit lüsterner Hast,
Hinaus in die nächtlichen Weiten.

Sie schwamm in gewaltigen Kreisen herum,
Bald oben, bald tief am Grunde,
Sie wälzt' mit dem Armen sich um und um
Und küßt ihm das Rot vom Munde.

Drei Tage hatte sie Zeitvertreib
Mit ihm in den Meeresweiten,
Am vierten ließ sie den toten Leib
Aus ihren Armen gleiten.

Da schoß sie empor an das sonnige Licht
Und schaute hinüber zum Lande;
Sie schminkte mit Purpur das weiße Gesicht
Und nahte sich singend dem Strande.

GOTTFRIED BENN

Liebe

Liebe – halten die Sterne
über den Küssen Wacht,
Meere – Eros der Ferne –
rauschen, es rauscht die Nacht,
steigt um Lager, um Lehne,
eh sich das Wort verlor,
Anadyomene
ewig aus Muscheln vor.

Liebe – schluchzende Stunden
Dränge der Ewigkeit
löschen ohne viel Wunden
ein paar Monde der Zeit,
landen – schwärmender Glaube! –
Arche und Ararat
sind dem Wasser zu Raube,
das keine Grenzen hat.

Liebe – du gibst die Worte
weiter, die dir gesagt,
Reigen – wie sind die Orte
von Verwehtem durchjagt,
Tausch – und die Stunden wandern
und die Flammen wenden sich,
zwischen Schauern von andern
gibst du und nimmst du dich.

GABRIELE TRINCKLER

EINER FORELLE den bauch zu kitzeln
setzt voraus dass die hand es versteht
sich dem medium sanft schmeichelnd
so weit anzunähern bis sie nicht mehr
als fremdkörper erkannt wird sondern
aquatisches wesen unter seinesgleichen

ist also zum beispiel ein flusskrebs der
harmlos in einer auskolkung des ufers
unter grünen grasflößen ruht ohne böse
absichten kein fischfresser feuermacher
klingenwetzer 3-gabeln-gierschlund mit
übermenschlichem appetit nach zartrosa

happen in liebe gehäutet und filetiert
für säubern salzen säuern kein beweis
niemand wird hier verspeist im ernst

von wasserzeichen zu wasserzeichen
das kannst du mir glauben da meine
hand drauf ...

KARL A. KÜHNE

Hier ruht ein kleiner Springinsfeld ·
Capricio war sein Name ·
Die Tränen einer schönen Dame
Ehrten ihn im Tod ·

(Epitaph auf den Tod eines Hundes – eingemauerte Marmortafel neben dem Toreingang eines alten Palazzos in Mantua – wohl 17. Jh.)

Das liebste Spiel beim Brunnen,
das Holz, das du ins Wasser wirfst,
ich bring es dir zurück,
klatschnass mein Pelz
und nass wird auch dein Kleid,
dein Sommerkleid mit roter Blume,
du lachst und wiederholst das Spiel,
das ich mit dir noch vielmal spielen will.

Wasserinventar

Fruchtwasser
Fliesswasser
Flusswasser
Kielwasser
Fischwasser
Brakwasser
Seewasser
Meerwasser
Quellwasser
Chlorwasser
Taufwasser
Teewasser
Stauwasser
Schneewasser
Abwasser
Schmelzwasser
Schmutzwasser
Duftwasser
Mundwasser
Grundwasser
Bleiwasser
Eiswasser
Weihwasser
Salzwasser
Süsswasser
Kalkwasser
Badewasser

Leitungswasser
Seifenwasser
Kondenswasser
Brunnenwasser
Regenwasser
Kaffeewasser
Kölnischwasser
Fleckenwasser
Selterswasser
Sprudelwasser

AUGUST STRAMM

Mairegen

Der Himmel hängt auf dem Pferderücken
Tropfen um Tropfen
Blankt
Das Fell!
Die Hufe streichen Ungeduld
Das Maul fetzt Schaum!
Zack
Zackelt der Trott die flackrigen Sehnen
In Zügel klammert die Nässe und stemmt!
Hoch rammt der Kopf
Und stäubet Nebel!
Zack Zack
Zack Zack
Die Pfützen kreisen

Zack Zack
Zack Zack
Die Tropfen schleifen
Zack Zack
Zack Zack
Das Wittern streicht am Boden
Schritt um Schritt!
Die Erde schwült
Die Schwüle gleißt!
Mein Pferd und ich
Zerdampfen
In
Himmel und Düsen!

GERT HEIDENREICH

Am Weßlinger See

Die Bäume legen ihre Äste auf
die Nacht – ich pendle …

Hilf uns. Wer immer dieses hört:
Hilf uns aus unsrer Starrheit auf, schlag
uns die Augen auf, leg Wörter

in den Mund, die unsre stummen
Lippen wärmen: Wir werden ohne
Hilfe nicht mehr Freund sein. Ich

Wilhelm Trübner, *Dogge am Weßlinger See*
1876, Öl auf Leinwand
(München, Bayerische Staatsgemäldesammlung)

pendle zwischen Abscheu und Gebet.
Leg mich ins Schilf. Die Halme tragen
mich, der See wiegt Himmel, Auge, Fisch.

Die Bäume legen ihre Äste auf die Nacht
und ruhen aus. Ich pendle.

Der Neckar

In deinen Tälern wachte mein Herz mir auf
Zum Leben, deine Wellen umspielten mich,
Und all der holden Hügel, die dich
Wanderer! kennen, ist keiner fremd mir.

Auf ihren Gipfeln löste des Himmels Luft
Mir oft der Knechtschaft Schmerzen; und aus dem Tal,
Wie Leben aus dem Freudebecher,
Glänzte die bläuliche Silberwelle.

Der Berge Quellen eilten hinab zu dir,
Mit ihnen auch mein Herz und du nahmst uns mit,
Zum stillerhabnen Rhein, zu seinen
Städten hinunter und lustgen Inseln.

Noch dünkt die Welt mir schön, und das Aug entflieht
Verlangend nach den Reizen der Erde mir,
Zum goldenen Paktol, zu Smyrnas
Ufer, zu Ilions Wald. Auch möcht ich

Bei Sunium oft landen, den stummen Pfad
Nach deinen Säulen fragen, Olympion!
Noch eh der Sturmwind und das Alter
Hin in den Schutt der Athenertempel

Und ihrer Gottesbilder auch dich begräbt,
Denn lang schon einsam stehst du, o Stolz der Welt,
Die nicht mehr ist. Und o ihr schönen
Inseln Ioniens! wo die Meerluft

Die heißen Ufer kühlt und den Lorbeerwald
Durchsäuselt, wenn die Sonne den Weinstock wärmt,
Ach! wo ein goldner Herbst dem armen
Volk in Gesänge die Seufzer wandelt,

Wenn sein Granatbaum reift, wenn aus grüner Nacht
Die Pomeranze blinkt, und der Mastixbaum
Von Harze träuft und Pauk und Cymbel
Zum labyrinthischen Tanze klingen.

Zu euch, ihr Inseln! bringt mich vielleicht, zu euch
Mein Schutzgott einst; doch weicht mir aus treuem Sinn
Auch da mein Neckar nicht mit seinen
Lieblichen Wiesen und Uferweiden.

fläiß fluß

»sometimes
the river becomes
a river in the mind ...«
w. c. williams

fluß fläiß
fläiß fluß

schäi daßd ned schdäihbleibsd
wenni nebä diä heägäih
und weil du ned schdäihbleibsd
bleibi aa ned schdäih

iich koomi nu su schiggn
du fläißd viel schnellä wäi i gäih
iich hull di nie und nimmä ei
dou kooi gäih und gäih und gäih

fluß fläiß
fläiß fluß

immä weidä moui mid diä gäih
bisd innern andern fluß fläißd
und dä andä widdä innern andern
und su weidä immä weidä bis ans meer

und wäi i su nebä diä heägäih
und aff diich horch wäisd rauschsd

fläißd durch mein kubf nummall ä fluß
und deä fläißd und rauschd wäi du
fluß fläiß
fläiß fluß

wou is es meer?
wou nehmin blouß es meer her
es meer fiän fluß in meim kubf?
wou is des wou?

CONRAD FERDINAND MEYER

Zwei Segel

Zwei Segel erhellend
Die tiefblaue Bucht!
Zwei Segel sich schwellend
Zu ruhiger Flucht!

Wie eins in den Winden
Sich wölbt und bewegt,
Wird auch das Empfinden
Des andern erregt.

Begehrt eins zu hasten,
Das andre geht schnell,
Verlangt eins zu rasten,
Ruht auch sein Gesell.

Kanarische Sicht, Weise

Für Christoph Fikenscher

Luft. Spiegelungen
Vielleicht

Bewegt der
Ozean träges

Blau in Wellen zum
Himmel oder der

Himmel abgestandenes
Blau zum

Meer? Wasser, aber
Das Wasser

Verdurstet an
Land.

abend am meer

ein lastwagen hat ein stück meer geladen
kleine restbestände der sonne
und einen wolkenlosen himmel

eine braune mireille trägt im bikini
den wind davon
die froschmänner ziehen dem abend
die reißverschlüsse auf
und grüßen mit ihren flossen
wie seehunde herüber

die müdigkeit der schatten
kennt keine grenzen

halbnackte gestalten
stehlen küsse vom strand
und geben ihrer komplizin
der nacht
ein heimliches zeichen

es ist noch sonnenwarm in den häusern
die mit geöffneten schenkeln
die gäste begrüßen

die sprache rieselt als sand
in die betten in die man sich
steifgebrannt legt
halbstumm bei offenem fenster

Privatvorstellung

Ein alter Urlaubsfilm
du steigst gerade
aus dem Wasser –

ich spule vor
spule zurück
wieder und wieder

die Tropfen
triefen herab
fliegen hoch
in dein lachendes Gesicht –

unersättlicher Moment

jetzt vor
zehn Jahren

wie du mich ansiehst
nicht siehst

Mag ja sein, daß ich mich geirrt habe
damals, und alles war gar nicht so schön,
so nackt, trostlos und kahl –
sondern hinter den Steinmauern,
wo sie umherirren mit ihren geschundenen Händen,
dahinter gab es noch Büsche,
an Verkrüppeltem Blätter und zu bedenken:
ein Meer ist ein Meer
zum Trinken – wie soll einer sich satt
sehen da. Schlimm sei auch,
daß ich anfange einen Vorrat an Bildern
und Melodien zu haben. Und immer das letzte Wort,
überall dieses Schafsgesicht
in den Wind geklatscht. Auch das Meer
sei gelungen, steige roßhoch in den Himmel,
schätzungsweise die 100ste Abstufung
von Gestank. Vernachlässigen Sie
ja nicht die Haut, sagt der Fachmann,
die vergißt nicht: nicht Sonne, nicht Salz, keinen Stich.
Das Glas ist jetzt leer und trotzdem:
im Vordergrund das Katzenfutter
war schon immer ein Problem. Schließlich
war er selbst beinah überzeugt
das alles zu lieben, auch im Bad das Gefühl
von roten Noppen. Es muß der Kopf sein,
der arme Tropf – das Hirn, der Hund. Du hast
ganz einfach vergessen, wer am Hafen heut
mit uns sprach. Das ist ermutigend,
doch. Wir könnten ruhig hier wohnen.

JÜRGEN PREUSS

Paradiesel

Vamos a la
Playa Gala
Pagamos

La cuenta wer
Zahlt welche
Rechnung der

Öl Schlick Schluck
Strand Barrels
On the rocks

SULEMAN TAUFIQ EL-AUWAD

mataregen

matar
bedeutet auf arabisch
regen
matar
ist ein poetisches wort
matar matar matar
eine schöne erinnerung

geschmack geruch farbe
matar matar matar

regen
bedeutet auf deutsch auch
regen
regen ist ein gewöhnliches wort
regen regen regen
keine schöne erinnerung
ohne geschmack ohne geruch ohne farbe
das ganze jahr regnet es

FRIEDERIKE MAYRÖCKER

oder Vermont, an Ernst Jandl

laß ein den Segen : die Tränen am Fensterglas
die leise aufklatschenden Tropfen auf Messer
  und Blech
Geschirr und Gehörntes, gnadenweise, und
  gnadenweis
Tag. Endlich ertrunken ERSOFFEN die Sonne
  im gloriosen
Meer des herabfallenden Himmels, in den
  Strömen der geöffneten
Wolken .. *hinaus sollte ich ohne Kleid ohne Schuh*
mich durchtränken lassen von diesem
  WEIHWASSER

welches klopfend und zärtlich tastend anstatt
Geliebtem : Gestorbenem mir erscheint, aus-
gesetzt bin ich verschüttet, morsches Gebälk
mein Leib –
Zipf und Zipfel von Abseits :
du sichtbar nicht mehr nicht wieder

DIETER P. MEIER-LENZ

warten auf wasser

die wimpern des himmels
zucken im wind
dieses nachmittags

die häuser haben segel
aufgezogen
und lachen müde
aus offenen fenstern

die bäume stellen
wie bettler
leere krüge
an ihre wurzeln

der bach murmelt
entschuldigungen
während zwei nacktbadende

aus der innenwelt
ihrer köpfe
die lust an die
felswand werfen

die steine
baden in unschuld
und springen vor hitze
in den himmel
wo eine wolke
sie heiligspricht

weil es nicht regnet
schicken die pflanzen
gebete in alle welt

sie werden nicht erhört
von den menschen
die draußen vor
dem café sitzen
und eine limonade
trinken

RAINER MARIA RILKE

An der sonngewohnten Straße, in dem
hohlen halben Baumstamm, der seit lange
Trog ward, eine Oberfläche Wasser

in sich leis erneuernd, still' ich meinen
Durst: des Wassers Heiterkeit und Herkunft
in sich nehmend durch die Handgelenke.
Trinken schiene mir zu viel, zu deutlich;
aber diese wartende Gebärde
holt mir helles Wasser ins Bewußtsein.

Also, kämst du, braucht ich, mich zu stillen,
nur ein leichtes Anruhn meiner Hände,
sei's an deiner Schulter junge Rundung,
sei es an den Andrang deiner Brüste.

FRIEDRICH RÜCKERT

Mild beschwichtendes Element,
Wasser,
Nicht nur löschest du Feur das brennt,
Wasser!

Nicht nur erquickst du den Durst, der lechzt,
Wasser,
Du auch heilest mein Kind, das ächzt,
Wasser!

Ihm gelegt auf die glühende Stirn,
Wasser,
Schütze vorm Fieberbrand das Gehirn,
Wasser!

Auf die welkende Blüte gesprengt,
Wasser,
Wie auf Blumen sonneversengt,
Wasser!

Essig müßte mir sein der Wein,
Wasser,
Eh er dürfte gemischt dir seyn,
Wasser.

FRANK WEDEKIND

Wegweiser

Zum Wassertrinker bin ich nicht geboren,
Das kann euch meine edle Muse zeigen;
Sie singt beim Wein und fällt in tiefes Schweigen,
Wenn sich der letzte Schluck im Bauch verloren.

Dem Wasser hab ich ew'gen Haß geschworen,
Weil ihm der Zauberdünste keiner eigen,
Die traumschwer aus dem dunklen Becher steigen,
Den ich zum Weiser mir des Wegs erkoren.

Er ist ein gar verständiger Geselle,
Er drängt direkt mich zu des Tempels Schwelle
Und öffnet meinem Blick die dunklen Türen.

Im Taumel tapp ich nach der heiligen Zelle
Und muß des Ortes Weihe nur verspüren,
Dann ist's kein Kunststück mehr, mich zu
verführen.

III

Durchsichtig erscheint die Luft so rein
Und trägt im Busen Stahl und Stein.
Entzündet werden sie sich begegnen;
Da wird's Metall und Steine regnen.

(Johann Wolfgang Goethe)

JOSEPH VON EICHENDORFF

Mondnacht

Es war, als hätt der Himmel
Die Erde still geküßt,
Daß sie im Blütenschimmer
Von ihm nun träumen müßt.

Die Luft ging durch die Felder,
Die Ähren wogten sacht,
Es rauschten leis die Wälder,
So sternklar war die Nacht.

Und meine Seele spannte
Weit ihre Flügel aus,
Flog durch die stillen Lande,
Als flöge sie nach Haus.

AUGUST STRAMM

Vorfrühling

Pralle Wolken jagen sich in Pfützen
Aus frischen Leibesbrüchen schreien Halme Ströme
Die Schatten stehn erschöpft.
Auf kreischt die Luft

Im Kreisen, weht und heult und wälzt sich
Und Risse schlitzen jählings sich
Und narben
Am grauen Leib.
Das Schweigen tappet schwer herab
Und lastet!
Da rollt das Licht sich auf
Jäh gelb und springt
Und Flecken spritzen –
Verbleicht
Und
Pralle Wolken tummeln sich in Pfützen.

JUSTUS GEORG SCHOTTELIUS

Donnerlied

1

SWefel / Wasser / Feur und Dampf
Wollen halten einen Kampf;
Dikker Nebel dringt gedikkt /
Licht und Luft ist fast erstikkt.

2

Drauf die starken Winde bald
Sausen / brausen / mit Gewalt /

Reissen / werfen / Wirbelduft /
Mengen Wasser / Erde / Luft.

3

Plötzlich blikt der Blitz herein /
Macht das finstre feurig seyn /
Swefelklumpen / Strahlenlicht /
Rauch und Dampf herein mit bricht.

4

Drauf der Donner brummt und kracht /
Rasselt / rollet hin mit Macht /
Prallet / knallet grausamlich /
Puffet / sumsend endigt sich.

5

Bald das Blitzen wieder kommt /
und der Donner rollend brummt:
Bald hereilt ein Windesbraus /
und dem Wetter macht garaus.

luft, sonett

wie mild erscheinen in dem licht, da zugesellen
einander vielgestaltig -stimmig; raum aus lüften
stets greifbar bleibt, doch zug um zug, weit vom
erhellen
tief atem holen, schöpfen, eignem schwall zu stiften

umwölktes, sturm; wie dann hochschaukeln,
-schnellen
uns überflügelnd, dicht vernebeln, fern abdriften,
stark angeweht, -gehimmelt, lauthals schlagen
wellen,
da steigen, fallen lässt es weit uns luft verschifften.

wie hoch gehn wogen, sinken wolken, bis erhebend
dies wort, gehalten überall, uns selbst aufwiegen,
verduften hell-, doch zugehörig, selbst
vorschwebend,

so sinn-, ja augenfällig; schön uns färben, fügen
einander anverwandelnd, ton in ton zielstrebend,
nein, bis ins blaue ausgehaucht, in letzten zügen.

KLABUND

Die Pfeife zwischen den Zähnen

Liegst du auf der Ottomane,
Und die Pfeife in den Zähnen:
Darfst du schaukelnd dich im Kahne
Auf dem Meer des Nicht-mehr wähnen.

Silbern steigt der Rauch nach oben.
Mit den leisen weisen Kreisen
Fühlst du selber dich gehoben
Und im Wolkenreigen reisen.

Erde, Mond und Sonne sangen.
Alles geht in Rauch und Luft auf.
Alles geht in Hauch und Duft auf.
Du vergehst. Und bist vergangen.

FRIEDRICH ANI

Ich wurde am Gedächtnis
operiert. Die Scherben alle sind
in meinem Kopf unds
bebende Bett. Ich kann
mein Schädldeckl öffnen.

Darf ich Ihnen einen August
anbieten, Gezwitscher dazu? Oder:
Januar mit Eisengeschmack?

Ich mach mein Deckl wieder zu.
Und stell mir vor: Ein

Laut ernährt mich gut.
Freundchen Felsen zehrt davon.
Augenblicklich wäre ich
gestillt, und sie, und du,
vielleicht, von einem Zorn
erlöst, der wie ein Dorn war in
der Feder Wir.

Unmut – lauter! – verwandel ich
in Mut. Und wenn du hell genug
dich mühst, stimmst du auf
einmal, sagenhaft,
mit dir überein.

In meinem Königreich aus
Luft wärst du Narziss, der
bettelt um die Schönheit,
die er selber ist.

Echo würd ich werden und zugleich
dein Schrei. Vorm Tod hebt ich
die Hand: So unverhofft
geborgen sein war mir in
keinem Schlaf vergönnt.

Ach um deine feuchten Schwingen
West wie sehr ich dich beneide,
Denn du kannst ihm Kunde bringen,
Was ich durch die Trennung leide.

Die Bewegung deiner Flügel
Weckt im Busen stilles Sehnen,
Blumen, Augen, Wald und Hügel
Stehn bei deinem Hauch in Thränen.

Doch dein mildes sanftes Wehen
Kühlt die wunden Augenlider;
Ach, für Leid müßt ich vergehen,
Hofft ich nicht, wir sehn uns wieder.

Geh denn hin zu meinem Lieben,
Spreche sanft zu seinem Herzen,
Doch vermeid ihn zu betrüben
Und verschweig ihm meine Schmerzen.

Sag ihm nur, doch sags bescheiden,
Seine Liebe sei mein Leben,
Freudiges Gefühl von beiden
Wird mir seine Nähe geben.

HEINRICH HEINE

Zum Ostwind sprach ich: Ostwind schere dich,
Nur deinen Vetter Westwind kann ich brauchen,
Und mag er stürmen, brüllen, flöten, hauchen,
Gleichviel, doch zu der Liebsten bring er mich.

Ostwind, in deinen starren Launen gleichst du
Der Herzgeliebten, meinem süßen Kind,
Ich bitte dich, ich fleh, und doch nicht weichst du,
Du bist wie sie, und sie ist wie der Wind.

ULRICH J. BEIL

Boreas

Ob du dich Pro oder Contra entscheidest –
du rettest die Sache nicht mehr; und dies wirkt auf
einmal erleichternd,
wie vor offenen Fenstern zu sitzen, mit vom
Nordwind
aufgerauhter Haut, während Papiere flüstern, flattern,
Fensterröcke wild

nach draußen schlagen, die dunkle Scham des Zimmers
preisend.
»Du verkörperst für mich ...« Was hatte sie noch
gesagt?

Palmen sticheln ironisch mit ihren glänzenden
Messern, als seist du
abgeschnitten von all dem, wo man mit Wörtern nicht
hinreicht.

Die Haltestelle. Ihre kleine Ewigkeit. Ihr Mond, halb
Hirnschale,
halb Dessous, durch die das Blau, die Lüfte ziehen.
Die weißen, flockigen Gedanken treiben frei ... Sonst
nichts.
Nur eine Grille, ihr filigranes Gestänge, ihr rostiges,
verletztes Sprunggelenk.

Und Stille – so sehr, daß das Fernsein der Geliebten
zu vibrieren beginnt, daß es möglich scheint, maligne
Knoten aufzulösen,
das falsche Fleisch über dem Skelett des Reptils. Die
übernächtigte Stadt,
Sekunden schwerelos, betrachtet den Himmel.

Später, im Lift, schließt dich der Duft einer
verschwundenen Frau ein,
du steigst im Schacht hoch und höher, Trauben,
Moschus (Undefinierbares)
schnuppernd, bis das höchste Stockwerk erreicht ist
und du,
Hals über Kopf, das Gleichgewicht verlierst.

Jhr / Himmel / lufft vnnd wind / jhr hügel voll von schatten /
Jhr hainen / jhr gepüsch' / vnd du / du edler Wein /
Jhr frischen brunnen / jhr / so reich am wasser sein /
Jhr wüsten die jhr stets mußt an der Sonnen braten /
Jhr durch den weissen taw bereifften schönen saaten /
Jhr hölen voller moß / jhr auffgeritzten stein' /
Jhr felder welche ziehrt der zarten blumen schein /
Jhr felsen wo die reim' am besten mir gerhaten /
Weil ich ja Flavien / das ich noch nie thun können /
Muß geben guete nacht / vnd gleichwol mundt vnnd sinnen
Sich fürchten allezeit / vnd weichen hinter sich /
So bitt' ich Himmel / Lufft / Wind / Hügel / hainen / Wälder /
Wein / brunnen / wüsteney / saat' / hölen / steine / felder /
Vnd felsen sagt es jhr / sagt / sagt es jhr vor mich.

Walpurgisnacht

Am Kreuzweg weint die verlassene Maid,
Sie weint um verlassene Liebe.
Die klagt den fliegenden Wolken ihr Leid,
Ruft Himmel und Hölle zur Hülfe. –
Da stürmt es heran durch die finstere Nacht,
Die Eiche zittert, die Fichte kracht,
Es flattern so krächzend die Raben.

Am Kreuzweg feiert der Böse sein Fest,
Mit Sang und Klang und Reigen:
Die Eule rafft sich vom heimlichen Nest
Und lädt viel luftige Gäste.
Die stürzen sich jach durch die Lüfte heran,
Geschmückt mit Distel und Drachenzahn,
Und grüßen den harrenden Meister.

Und über die Heide weit und breit
Erschallt es im wilden Getümmel.
»Wer bist du, du schöne, du lustige Maid?
Juchheisa, Walpurgis ist kommen!
Was zauderst du, Hexchen, komm, springe mit ein,
Sollst heute des Meisters Liebste sein,
Du schöne, du lustige Dirne!«

Der Nachtwind peitscht die tolle Schar
Im Kreis um die weinende Dirne,

Da packt sie der Meister am goldenen Haar
Und schwingt sie im sausenden Reigen,
Und wie im Zwielicht der Auerhahn schreit,
Da hat der Teufel die Dirne gefreit
Und hat sie nimmer gelassen.

CHRISTIAN MORGENSTERN

Die Luft

Die Luft war einst dem Sterben nah.

»Hilf mir, mein himmlischer Papa«,
so rief sie mit sehr trübem Blick,
»ich werde dumm, ich werde dick;
du weißt ja sonst für alles Rat –
schick mich auf Reisen, in ein Bad,
auch saure Milch wird gern empfohlen; –
wenn nicht – laß ich den Teufel holen!«

Der Herr, sich scheuend vor Blamage,
erfand für sie die – Tonmassage.

Es gibt seitdem die Welt, die – schreit.
Wobei die Luft famos gedeiht.

Pál Szinyei-Merse, *Die Montgolfiere*
1878, Öl auf Leinwand
(Budapest, Nationalgalerie)

Der Müllerin Nachbar

Die Mühle, die dreht ihre Flügel,
Der Wind, der sauset darin;
Ich wollte, ich wäre der Müller,
Von wegen der Müllerin.

Der Müller ist gestorben;
Gott schenk ihm die ewige Ruh!
Ich wollte, es holte der Henker
Den Flegel von Knecht noch dazu.

Am Sonntag in der Kirche,
Da glaubt ich, sie schiele nach mir;
Sie schielte an mir nur vorüber;
Der Knecht, der stand an der Tür.

Und als es ging zum Tanze,
Da kam sie eben mir recht;
Sie grüßte mich freundlich und fragte –
Und fragte mich gar nach dem Knecht.

Der Knecht, der Knecht! – Ich wollte …
Mir kocht in den Adern das Blut –
Ich wollte an ihm mich rächen,
Ich wollte, ich hätte den Mut.

Ich wollte … Nun, was weiß ich?
Ich weiß nicht, wo ich bin. –
Die Mühle, die dreht ihre Flügel,
Der Wind, der sauset darin.

AXEL KUTSCH

Don Quijote

An hellen Tagen
zieht er seine
Windmühlenflügel an
sattelt sein Pferd
und reitet unter
der schrägstehenden Sonne
hinter seinem Schatten her.

Sieh nur
wie man vor mir flieht
ruft er seinem Knecht zu
der die Ufer ins Meer schiebt.

HEINRICH HOFFMANN

Die Geschichte vom fliegenden Robert

Wenn der Regen niederbraust,
Wenn der Sturm das Feld durchsaust
Bleiben Mädchen oder Buben
Hübsch daheim in ihren Stuben. –
Robert aber dachte: Nein!
Das muß draußen herrlich sein!

Und im Felde patschet er
Mit dem Regenschirm umher.

Hui, wie pfeift der Sturm und keucht,
Daß der Baum sich niederbeugt!
Seht! den Schirm erfaßt der Wind,
Und der Robert fliegt geschwind
Durch die Luft so hoch, so weit;
Niemand hört ihn, wenn er schreit.
An die Wolken stößt er schon,
Und der Hut fliegt auch davon.

Schirm und Robert fliegen dort
Durch die Wolken immerfort.
Und der Hut fliegt weit voran,
Stößt zuletzt am Himmel an.
Wo der Wind sie hingetragen,
Ja, das weiß kein Mensch zu sagen.

HANS MAGNUS ENZENSBERGER

Der Fliegende Robert

Eskapismus, ruft ihr mir zu,
vorwurfsvoll.
Was denn sonst, antworte ich,
bei diesem Sauwetter! –,
spanne ich den Regenschirm auf
und erhebe mich in die Lüfte.

Von euch aus gesehen,
werde ich immer kleiner und kleiner,
bis ich verschwunden bin.
Ich hinterlasse nichts weiter
als eine Legende,
mit der ihr Neidhammel,
wenn es draußen stürmt,
euern Kindern in den Ohren liegt,
damit sie euch nicht davonfliegen.

THEODOR FONTANE

Der Kranich

Rauh ging der Wind, der Regen troff,
  Schon war ich naß und kalt;
Ich macht auf einem Bauerhof
  Im Schutz des Zaunes Halt.

Mit abgestutzten Flügeln schritt
  Ein Kranich drin umher,
Nur seine Sehnsucht trug ihn mit
  Den Brüdern übers Meer;

Mit seinen Brüdern, deren Zug
  Jetzt hoch in Lüften stockt,
Und deren Schrei auch ihn zum Flug
  In fernen Süden lockt.

Und sieh, er hat sich aufgerafft,
  Es gilt erneutes Glück;
Umsonst, der Schwinge fehlt die Kraft
  Und ach, er sinkt zurück.

Und Huhn und Hahn und Hühnchen auch
  Umgackern ihn voll Freud; –
Das ist so alter Hühner-Brauch
  Bei eines Kranichs Leid.

NICO BLEUTGE

leichter sommer

für Bernard Noël

als läge noch eine schicht zwischen ihnen
und dem schmalen streif der küste
traten die wolken hervor, scharf ab-
geschnitten an der unteren kante, oben
ein faltiger riemen, in den die möwen kleine
löcher stanzten. beim nächsten aufschauen
hatte dunst die fläche aufgerauht und der wind
verfing sich in den drahtnetzen
knapp unterm wasserspiegel, die vögel
waren längst verschwunden, der himmel
hielt noch ein weilchen jene luft
die unter ihren flügeln rauschte

GERHARD NEUMANN

Luginsland

Im
Blättersog der fensteraussen
vier Platanen

sündholzraspelnd Fleisch
von Stämmen, die
westher Sturmlawinen

lösen: durch
gezackter Reste Wipfel
toben Krähen

blau.

HEINRICH HOFFMANN VON FALLERSLEBEN

Der kleine Vogelfänger

Wart, Vöglein, wart! jetzt bist du mein,
Jetzt hab' ich dich gefangen,
In einem Käfig sollst du jetzt
An meinem Fenster hangen.

»Ach, lieber Bube, sag' mir doch,
Was hab' ich denn begangen,
Daß du mich armes Vögelein,
Daß du mich hast gefangen?«

Ich bin der Herr, du bist der Knecht:
Die Tiere, die da leben,
Die sind dem Menschen allzumal
Und mir auch untergeben.

»Das, lieber Bube, glaub' ich nicht,
Das sollst du mir beweisen!«
Schweig still, schweig still! sonst brat' ich dich
Und werde dich verspeisen. –

Der Knabe rannte schnell nach Haus,
Da fiel er von der Stiegen.
Das Vöglein flog zum Haus hinaus
Und ließ das Büblein liegen.

ANDREAS ALTMANN

insel sturm

wolken zerstückeln den himmel
gegen wind in den kiefern lauf ich
zu schnell schiebt er den abend
ins uhrwerk das land unter wasser

Caspar David Friedrich,
Der Wanderer über dem Nebelmeer
um 1818, Öl auf Leinwand
(Hamburg, Kunsthalle)

der kopf ist den schwalben sehr nah
unter der jacke mach ich dem tabak
ein feuer und geh auf der brücke
die nur zurück führt ein stück

halt ich inmitten der see luft
bläht mich auf rauch wird vom mund
in fetzen gerissen unsicher ist
meine schrift worte davon getragen

KARL KROLOW

Zwitschern

Zwitschern unsichtbarer Vögel.
Unwillkürlich halte ich die Hand auf,
halte die Zeit auf mit ihrem
Schöntun und ihrer Mordlust.
Ich weiß nicht, was ich tue,
wenn ich die Hand krümme.
Unsichtbar sind Vögel und zwitschern,
übrig bleibt Tageszeit
und deren unsichtbarer Rausch.
Das Ohr ist willig, wie die Finger, die nichts
zu fassen bekommen –
Luft bleibt ein unsichtbares Element.
Rausch reicht bis zum Mord
an allem Unfaßbaren.

IV

Und so kommt wieder zur Erde herab,
Dem die Erde den Ursprung gab.
Gleicherweise sind wir auch gezüchtigt,
Einmal gefestet, einmal verflüchtigt.

(Johann Wolfgang Goethe)

Ein Maulwurf

Die laute Welt und ihr Ergötzen
Als eine störende Erscheinung
Vermag der Weise nicht zu schätzen.
Ein Maulwurf war der gleichen Meinung.
Er fand an Lärm kein Wohlgefallen,
Zog sich zurück in kühle Hallen
Und ging daselbst in seinem Fach
Stillfleißig den Geschäften nach.
Zwar sehen konnt' er da kein bissel,
Indessen sein getreuer Rüssel,
Ein Nervensitz voll Zartgefühl,
Führt sicher zum erwünschten Ziel.
Als Nahrung hat er sich erlesen
Die Leckerbissen der Chinesen,
Den Regenwurm und Engerling,
Wovon er vielfach fette fing.
Die Folge war, was ja kein Wunder,
Sein Bäuchlein wurde täglich runder,
Und wie das häufig so der Brauch,
Der Stolz wuchs mit dem Bauche auch.
Wohl ist er stattlich von Person
Und kleidet sich wie ein Baron,
Nur schad, ihn und sein Sammetkleid
Sah niemand in der Dunkelheit.
So trieb ihn denn der Höhensinn
Von unten her nach oben hin,

Zehn Zoll hoch oder gar noch mehr,
Zu seines Namens Ruhm und Ehr
Gewölbte Tempel zu entwerfen
Und denen draußen einzuschärfen,
Daß innerhalb noch einer wohne,
Der etwas kann, was nicht so ohne.
Mit Baulichkeiten ist es mißlich.
Ob man sie schätzt, ist ungewißlich.
Ein Mensch von anderm Kunstgeschmacke,
Ein Gärtner, kam mit einer Hacke.
Durch kurzen Hieb nach langer Lauer
Zieht er ans Licht den Tempelbauer
Und haut so derb ihn übers Ohr,
Daß er den Lebensgeist verlor.
Da liegt er nun, der stolze Mann.
Wer tut die letzte Ehr ihm an?
Drei Käfer, schwarz und gelb gefleckt,
Die haben ihn mit Sand bedeckt.

KARL KROLOW

Der Fall

Der Boden gibt wie immer nach.
Ich falle so. In meinem Haus
geschieht es. Und nicht ein noch aus
weiß man. Doch unter meinem Dach

Franz Marc, *Hocken im Schnee*
1911, Öl auf Leinwand
(Kochel am See, Franz-Marc-Museum)

bleibt es ganz still. Die Erde bebt.
Ich hör den Fall. Ich liege wach.
Und wie man lebt und weiter lebt,
ist fortan gleich. Ich spüre: nach
und nach, wie sich der Boden hebt
und senkt. Er gab wie immer nach.

Die Erzstufe

Ja Blitze, Blitze! der Schwaden drängt
Giftiges Gas am Risse hinaus,
Auf einem Blitze bin ich gesprengt
Aus meinem funkelnden Kellerhaus.
O, wie war ich zerbrochen und krank,
wie rieselts mir über die blanke Haut,
Wenn langsam schwellend der Tropfen sank,
Des Zuges Schneide mich angegraut!

Kennst du den Bergmönch, den braunen Schelm,
Dem auf der Schulter das Antlitz kreist?
Schwarz und rauh wie ein rostiger Helm,
Wie die Grubenlampe sein Auge gleißt.
O, er ist böse, tückisch und schlimm!
Mit dem Gezähe hackt er am Spalt,
Bis das schwefelnde Wetter im Grimm
Gegen die weichende Rinde schwallt.

Steiger, bete! du armer Knapp,
Dem in der Hütte das Kindlein zart,
Betet! betet! eh ihr hinab,
Eh zum letzten Male vor Ort ihr fahrt.
Sieben Nächte hab ich gesehn
Wie eine Walze rollen den Nacken
Und die Augen funkeln und drehn
Und das Gezähe schürfen und hacken.

Dort, dort hinter dem reichen Gang
Lauert der giftige Brodem; da,
Wo der Kobold den Hammer schwang,
Wo ich am Bruche ihn schnuppern sah.
Gleich dem Molche von Dunste trunken
Schwoll und wackelt' der Gnom am Grund,
Und des Gases knisternde Funken
Zogen in seinen saugenden Schlund.

Bete, Steiger, den Morgenpsalm
Einmal noch und dein »Walt's Gott«,
Deinen Segen gen Wetters Qualm,
Gäh Verscheiden und Teufelsrott.
Schau noch einmal ins Angesicht
Deinem Töchterchen, deinem Weib,
Und dann zünde das Grubenlicht.
»Gott die Seele, dem Schacht der Leib!«

Sie sind vor Ort, die Lämpchen rund
Wie Irrwischflämmchen aufgestellt.
Die Winde keucht, es rollt der Hund,
Der Hammer pickt, die Stufe fällt,
An Bleigewürfel, Glimmerspat
Zerrinnend, malt der kleine Strahl
In seiner Glorie schwimmend Rad
Sich Regenbogen und Opal.

Die Winde keucht, es rollt der Hund. –
Hörst du des Schwadens Sausen nicht?
Wie Hagel bröckelt es zum Grund –
Der Hammer pickt, die Stufe bricht; –
Weh, weh! es zündet, flammt hinein!

Hinweg! es schmettert aus der Höh!
Felsblöcke, zuckendes Gebein!
Wo bin ich? – bin ich? – auf der See?
Und welch Geriesel – immer immerzu,
Wie Regentropfen, – regnets?

THOMAS KLING

grenzmuseum 1.0

kellergeschoß; so holpriger bodn. holprige, di nach
altn schaltern tastet, hand, di ein verkehrtes licht

entfacht. es faltet sich gewölbe auf, ein
tonnen-ding-
gewölbe da glimmen, knirschig schritt für schritt,

di ziegelbrände auf: BLAUBACKEN. ABRIEB DER
GESCHICHTE. klobige irdnware in bodnformation,

aus äckern rausgezogne haknwaffe. staubgewöll.
in stückn, brüchig, angeknackst in halberblindetn

vitrinen. in denen leichnbrand, zuzüglich flintstein-
industrie mit langgestorbenen fliegn konkurriert.

Von der Freundlichkeit der Welt

1

Auf die Erde voller kaltem Wind
Kamt ihr alle als ein nacktes Kind.
Frierend lagt ihr ohne alle Hab
Als ein Weib euch eine Windel gab.

2

Keiner schrie euch, ihr wart nicht begehrt
Und man holte euch nicht im Gefährt.
Hier auf Erden wart ihr unbekannt
Als ein Mann euch einst nahm an der Hand.

3

Von der Erde voller kaltem Wind
Geht ihr all bedeckt mit Schorf und Grind.
Fast ein jeder hat die Welt geliebt
Wenn man ihm zwei Hände Erde gibt.

DURS GRÜNBEIN

In der Provinz I

(Normandie)

Eingefallen am Bahndamm,
Liegt ein Hundekadaver quer im Gebiß
Kreideweiß numerierter Schwellen, erstarrt.

Je länger du hinsiehst, je mehr
Zieht sein Fell in den Staub ein, den Schotter
Zwischen den Inseln aus frischem Gras.

Dann ist auch dieses Leben, ein Fleck,
Gründlich getilgt.

WILHELM LEHMANN

Im Winter zu singen

Die Jäger spannen die Tellereisen,
Die Füchse entwischen.
Der Südost nietet die letzte Spalte
Über Aalen und Fischen.

Aus Lappland flogen die roten Drosseln,
Ihre Stimme fällt weich wie Schnee.

Kein Messer schneidet den Schlaf der Erde,
Auch der Maulwurf tut ihr nicht weh.

In weiser Ohnmacht werden die Larven
Für andere Zeit bewahrt.
Den trächtigen Schafen wächst das Euter,
Den Ziegenböcken der Bart.

GEORG BRITTING

Abstieg vom Berg

Nicht droben, wo die Gipfel schweigen
In dem grünen Licht,
Hier unten, unter den Weidenzweigen,
Die sich, blätterlos noch, neigen
Zum Bach hin, der mit Moosmund spricht,
Will sich die Veränderung zeigen.

Auf den nassen Wiesensteigen
Bleibt die Spur von deinem Schuh
Eingedrückt.
Geh nur weiter, geh nur zu!
Vor dem Ast, der niederbricht,
Schütz mit Händen dein Gesicht,
Geh gebückt,
Mach dich quer durchs Stangenholz davon!

Und im Ton,
Der unter deinem Schuh entsteht,
Wenn es schwappend so durchs Moor hingeht,
Ist der ganze, frühe Frühling schon.

EMERENZ MEIER

Vorfrühling

Da draußen rauscht der Regen,
Der Wind braust überm Land;
Doch leise webt den Segen
Des neuen Lenzes Hand.

Sie lockt aus Strauch und Bäumen
Der Knospen grünen Schein,
Sie schmückt mit lichten Säumen
Der Wälder düstre Reih'n.

Sie webt schon an dem Kleide
Der stillen Erdenbraut,
Die bald zu aller Freude
Dem Frühling wird getraut.

Mag jetzt der Sturm nur tosen,
Er knickt die Hoffnung nicht.
Bald winken uns die Rosen
Und blüh'n Vergißmeinnicht.

Treue

Ihr müßt dies Herz nicht schelten,
Das sich so schwer ergiebt,
Könnt' schneller es gesunden,
Dann hätt'es nie geliebt.

Es gliche dann sein Fühlen
Ja nur dem Morgenthau,
Den eine Sonnenstunde
Hinwegküßt von der Au.

Dann wär' es wie die Welle,
So leicht und schnell erregt,
Und wie der Sommerfaden,
Den jeder Hauch bewegt.

Doch ach! es gleicht dem Felsen,
Der sich nicht beugen läßt;
Wie er am Schooß der Erde,
Hält es sein Fühlen fest.

Weil man darauf kann bauen,
Wie auf den Felsengrund,
Weil es ein Starkes, Festes,
Wird es so schwer gesund!

Katharina VI

Der Frühling schien schon an dem Tor
Mich freundlich zu erwarten.
Die ganze Gegend steht im Flor
Als wie ein Blumengarten.

Die Liebste sitzt an meiner Seit
Im rasch hinrollenden Wagen;
Sie schaut mich an voll Zärtlichkeit,
Ihr Herz, das fühl ich schlagen.

Das trillert und duftet so sonnenvergnügt!
Das blinkt im grünen Geschmeide!
Sein weißes Blütenköpfchen wiegt
Der junge Baum mit Freude.

Die Blumen schaun aus der Erd hervor,
Betrachten, neugierigen Blickes,
Das schöne Weib, das ich erkor,
Und mich, den Mann des Glückes.

Vergängliches Glück! Schon morgen klirrt
Die Sichel über den Saaten,
Der holde Frühling verwelken wird,
Das Weib wird mich verraten.

Carl Spitzweg, *Rosenduft-Erinnerung*
um 1845/46, Öl auf Leinwand
(Bern, Kunstmuseum)

GOtt-lobende Frülings-Lust!

GOtt sperrt die Erden auf / als seines Schatzes Kasten /
der einig Schlüssel ist / sein Wort / durch dessen Krafft
ihr / käumen / wurzen / grün- und blühen wird verschafft.
Es würkt den Wachsthums Safft in Erd- und Sternen-Brüsten /
Ja kan die ganz Natur zur Freud und Wollust rüsten.
Es ist der Wurzel Geist / der Gräslein Herzens-Safft /
der Blumen LebensLufft / mit süssem Thau behafft /
kurz / der Geschöpffe Ruh / nach dem sie all gelüsten:
Es zeigt uns GOtt in ihm / als in dem Spiegel Glanz /
und weist uns selben auch in all-erschaffnen Dingen:
wie seine Schön' herblickt aus bunten Blumen Kranz.
Sein Süßheit sich zu Mund will aus den Früchten schwingen.
Ja alls / was sichtbar nur / ist GOttes Ebenbild /
wie schön / süß / gut er sey / wie hoch! wie reich! wie mild.

OSKAR LOERKE

Birken

Es decken Augen, Ringe, Striche
Wie Götzendienst indianerhaft
Mit Grau und Schwarz den Birkenschaft,
Als ob er einer Seele gliche,

In der ein alter Weihekult
Noch nicht verdarbt sei vor dem neuen.
Das Krongrün flüstert über scheuen
Und blinden Zeichen der Geduld.

Das Laub summt für die stille Schar.
»Was wahr gewesen ist, bleibt wahr.
Die Erde leitet das Geschehen
Mit Augen, die ihr Licht nicht sehen.«

FRIEDRICH RÜCKERT

Der Sämann

Im Feld der König Salomon
Schlägt unterm Himmel auf den Thron;
Da sieht er einen Sämann schreiten,
Der Körner wirft nach allen Seiten.

Vincent van Gogh, *Sämann bei untergehender Sonne*
1888, Öl auf Leinwand
(Otterlo, Rijksmuseum Kröller-Müller)

Was machst du da? der König spricht;
Der Boden hier trägt Ernte nicht.
Laß ab vom törichten Beginnen;
Du wirst die Aussaat nicht gewinnen.

Der Sämann, seinen Arm gesenkt,
Unschlüssig steht er still und denkt;
Dann fährt er fort, ihn rüstig hebend,
Dem weisen König Antwort gebend:

Ich habe nichts als dieses Feld,
Geackert hab ich's und bestellt;
Was soll ich weitre Rechnung pflegen?
Das Korn von mir, von Gott der Segen!

BARTHOLD HINRICH BROCKES

Beim Pflügen

Seh ich den regen Pflug, auf dunklem Grunde, ziehn:
Scheint mir der Ackersmann, sich gleichsam zu
bemühn,
Der milden Mutter dunkles Kleid,
Mit einer neuen Zierlichkeit,
Und in der That mit schönen grünen Schnüren,
In der geraden Furchen Strichen, durch die bald grüne
Saat, zu zieren.
Die grünen Schnüre werden endlich, durch den recht
güldnen Stral der Sonnen,
Mit Golde gleichsam übersponnen,
Wodurch ein güldnes Tuch zuletzt die Mutter
schmückt,
Bis endlich, wenn der Schmuck der Erden,
In unsre Scheunen eingeführt,
Die Körner, die vorhin das Feld geziert,
Für uns zu wirklichem und wahrem Golde werden.

Die Schatzgräber

Ein Winzer, der am Tode lag,
Rief seine Kinder an und sprach:
»In unserm Weinberg liegt ein Schatz,
Grabt nur darnach!« – »An welchem Platz?« –
Schrie alles laut den Vater an.
»Grabt nur!« – O weh! da starb der Mann.

Kaum war der Alte beigeschafft,
So grub man nach aus Leibeskraft.
Mit Hacke, Karst und Spaden ward
Der Weinberg um und um gescharrt.
Da war kein Kloß, der ruhig blieb;
Man warf die Erde gar durchs Sieb,

Und zog die Harken kreuz und quer
Nach jedem Steinchen hin und her.
Allein da ward kein Schatz verspürt
Und jeder hielt sich angeführt.

Doch kaum erschien das nächste Jahr,
So nahm man mit Erstaunen wahr,
Daß jede Rebe dreifach trug.
Da wurden erst die Söhne klug,
Und gruben nun Jahr ein Jahr aus
Des Schatzes immer mehr heraus.

Die Veltlinertraube

Brütend liegt ein heißes Schweigen
Über Tal und Bergesjoch,
Evoe und Winzerreigen
Schlummern in der Traube noch.

Purpurne Veltlinertraube,
Kochend in der Sonne Schein,
Heute möcht' ich unterm Laube
Deine vollste Beere sein!

Mein unbändiges Geblüte,
Strotzend von der Scholle Kraft,
Trunken von des Himmels Güte,
Sprengte schier der Hülse Haft!

Aus der Laube niederhangend,
Glutdurchwogt und üppig rund,
Schwebt' ich dunkelpurpurprangend
Über einem roten Mund!

Petersiliensommer

Zögernd beginnt dieser Sommer mit
Sandelholz Marmelade und
Petersilie die könnte er immer
essen wir sie mit den nackten
Männern und Frauen die aus den Steinen
plätschern winden wir dem
der sie schuf den krausen Kranz
Setzen grüne gefranste Segel all
abendlich übern Spumante hinter
roten Pforten versinken wir in
Petersilie und Mohn
Morgens streichen wir durch entadelte
Gärten fletschen glücklich
unser grünes Gebiß
Hahnenfuß Löwenzahn Hirtentäschel und
andere niedere Pflanzen
verschmäht er schreit Peter
silie wird wild da suchen wir
hinter jedem Busch Baum bis
in die Zirruswolken färben wir
grün ein himmlischer Vorrat
wir fressen uns durch diesen Sommer
wird uns die Petersilie
das Wasser im Mund nicht vergehn.

Berliner Mittelstandsbegräbnis

In einer Margarinekiste habe ich sie begraben.
Ein Leihsarg war nicht mehr zu haben.
Die Kosten für einen Begräbnisplatz konnt ich nicht erschwingen:
Ich mußte die Margarinekiste mit der teueren Entschlafenen auf einem Handwagen in die Laubenkolonie am schlesischen Bahnhof bringen.

Dort habe ich sie in stockfinsterer Nacht
Unter Kohlrüben zur ewigen Ruhe gebracht.
Aber im Frühling werden aus der Erde Kohlrüben, die sie mit ihrem Leibe gedüngt, zum himmlischen Lichte sprießen,
Und der Hilfsweichensteller Kraschunke wird sie zum Nachtmahl genießen.
Während sie noch in der Pfanne (in Margarine-Ersatz) schmoren und braten,
Bemerkt Frau Kraschunke erfreut: »Die Kohlrüben sind dieses Jahr aber ungewöhnlich groß geraten ...«

Herr von Ribbeck auf Ribbeck im Havelland

Herr von Ribbeck auf Ribbeck im Havelland,
Ein Birnbaum in seinem Garten stand,
Und kam die goldene Herbsteszeit,
Und die Birnen leuchteten weit und breit,
Da stopfte, wenn's Mittag vom Turme scholl,
Der von Ribbeck sich beide Taschen voll,
Und kam in Pantinen ein Junge daher,
So rief er: »Junge, wist' ne Beer?«
Und kam ein Mädel, so rief er: »Lütt Dirn,
Kumm man röwer, ick hebb' ne Birn.«

So ging es viel Jahre, bis lobesam
Der von Ribbeck auf Ribbeck zu sterben kam.
Er fühlte sein Ende. 's war Herbsteszeit,
Wieder lachten die Birnen weit und breit,
Da sagte von Ribbeck: »Ich scheide nun ab.
Legt mir eine Birne mit ins Grab.«
Und drei Tage drauf, aus dem Doppeldachhaus,
Trugen von Ribbeck sie hinaus,
Alle Bauern und Büdner, mit Feiergesicht
Sangen »Jesus meine Zuversicht«
Und die Kinder klagten, das Herze schwer,
»He is dod nu. Wer giwt uns nu 'ne Beer?«

So klagten die Kinder. Das war nicht recht,
Ach, sie kannten den alten Ribbeck schlecht,

Albrecht Dürer, *Baum im Steinbruch*
um 1495–97, Aquarell- und Deckfarben
(Mailand, Bibliotheca Ambrosiana)

Der neue freilich, der knausert und spart,
Hält Park und Birnbaum strenge verwahrt,
Aber der alte, vorahnend schon
Und voll Mißtraun gegen den eigenen Sohn,
Der wußte genau, was damals er tat,
Als um eine Birn ins Grab er bat,
Und im dritten Jahr, aus dem stillen Haus
Ein Birnbaumsprößling sproßt heraus.

Und die Jahre gehen wohl auf und ab,
Längst wölbt sich ein Birnbaum über dem Grab,
Und in der goldenen Herbsteszeit
Leuchtet's wieder weit und breit.
Und kommt ein Jung' übern Kirchhof her,
So flüstert's im Baume: »Wiste 'ne Beer?«
Und kommt ein Mädel, so flüstert's: »Lütt Dirn,
Kumm man röwer, ick gew Di 'ne Birn.«

So spendet Segen noch immer die Hand
Des von Ribbeck auf Ribbeck im Havelland.

ROBERT GERNHARDT

Viel und leicht

Von allem viel. Viel Birne, viel Zwetschge. Viel
Traube, viel Pfirsich. Viele Tomaten. Viel
Rascheln der vielen trockenen Blätter. Viel

Haschen der vielen kleinen Katzen. Viel
Duft von viel Harz der vielen Pinien. Viel
Wind in den vielen Oliven. Viel Silber. Viel
Rauschen. Viel Blau in den vielen Hügeln. Viel
Glanz. Viel Wärme. Viel Reife. Viel Glück.

Vor allem leicht. Wie leicht sich das erntet. Leicht
löst sich die Birne, die Zwetschge, der Pfirsich.
Leicht
trennt das Messer vom Weinstock die Traube.
Leicht
knurrend naht sich die Katze. Sie läßt sich leicht
die Beute abnehmen. Es schreibt die Rechte:
Leicht
gesperbert die helle Brust des Vogels, so leicht
in der Linken. Die Flügel sehr dunkel. Darin
leicht
gekurvte, gelbe Handschwingen. Ein Zeisig
vielleicht.

Epilog

Schwalbenwitz

Wahrlich, wahrlich, ich sage euch,
Himmel und Erde sind sich gleich.
Spricht der Himmel: Werde!
Da grünt und blüht die Erde!
Spricht die Erde: Sterbe!
Da wird der Himmel ein lachender Erbe.
Sterne sah ich blinken und sinken,
Den Mond in der Sonne ertrinken,
Die Sonne stieg in die Meere,
Ohne daß sich ein Fünklein verlöre.
Feuer und Wasser hassen sich,
Erde und Wasser umfassen sich,
Luft und Feuer entzünden sich,
Erde und Feuer ersticken sich,
Erde und Luft umkühlen sich,
Luft und Wasser umspielen sich,
Aber alles ist Liebe, Liebe, Liebe
Und wenn sich alles empörte, verzehrte, verschlänge,
Daß gar nichts bliebe, bliebe doch Liebe
Die Hülle, die Fülle, die Menge.

Anhang

Verzeichnis der Autoren, Gedichte und Druckvorlagen

ANDREAS ALTMANN (geb. 1963)

insel sturm 124

A. A.: wortebilden. Gedichte. Berlin: Kowalke & Co., 1997 über Verlag Die Scheune, Dresden. S. 53. – Mit Genehmigung von Andreas Altmann, Berlin.

FRIEDRICH ANI (geb. 1959)

Ich wurde am Gedächtnis 109

Originalbeitrag. – Mit Genehmigung von Friedrich Ani, München.

ERNST MORITZ ARNDT (1769–1860)

Aus Feuer ist der Geist geschaffen 59

Der ewige Brunnen. Ein Hausbuch deutscher Dichtung. Hrsg. von Ludwig Reiners. München: Beck, 1959. S. 600.

BETTINE VON ARNIM (1785–1859)

Seelied 73

Deutsche Gedichte. Von Hildegard von Bingen bis Ingeborg Bachmann. Hrsg. von Elisabeth Borchers. Frankfurt a. M.: Suhrkamp, 1987. S. 104f.

ULRICH JOHANNES BEIL (geb. 1957)

Boreas 112

Originalbeitrag. – Mit Genehmigung von Ulrich Johannes Beil, São Paulo.

GOTTFRIED BENN (1886–1956)

Liebe 80

G. B.: Statische Gedichte. Hrsg. von Paul Raabe. Zürich/Hamburg: Arche Verlag, 2000. S. 67. – © 1948, 2000 by Arche Verlag AG, Zürich und Hamburg.

SIGMUND VON BIRKEN (1626–1681)

Sonnet in der Form eines geöffneten Buches 49

Deutsche Sonette. Hrsg. von Hartmut Kircher. Stuttgart: Reclam, 1979. S. 86.

NICO BLEUTGE (geb. 1972)

leichter sommer 122

Originalbeitrag. – Mit Genehmigung von Nico Bleutge, Tübingen.

BERTOLT BRECHT (1898–1956)

(1) Über Schillers Gedicht »Die Glocke« 51
(2) Von der Freundlichkeit der Welt 135

B. B.: Werke. Große kommentierte Berliner und Frankfurter Ausgabe. Hrsg. von Werner Hecht [u. a.]. Bd. 11: Gedichte 1. Sammlungen 1918–1938. Bearb. von Jan Knopf und Gabriele Knopf. Frankfurt a. M.: Suhrkamp, 1988. S. 68 (2), 271 (1) – © 1988 Suhrkamp Verlag, Frankfurt am Main.

CLEMENS BRENTANO (1778–1842)

Schwalbenwitz 157

C. B.: Werke. Bd. 1. Hrsg. von Wolfgang Frühwald [u. a.]. München: Hanser, 1968. S. 246.

GEORG BRITTING (1891–1964)

Abstieg vom Berg 137

G. B.: Sämtliche Werke. Komm. Ausg. nach den Erstdrucken. Hrsg. von Walter Schmitz [u. a.]. Bd. 2: Gedichte 1930–1940. Hrsg. von Walter Schmitz. München: List, 1993. S. 137. – Mit Genehmigung von Ingeborg Schuldt-Britting, Höhenmoos.

BARTHOLD HINRICH BROCKES (1680–1747)

Beim Pflügen 145

B. H. B.: Im grünen Feuer glüht das Laub. Ausgewählte Gedichte. Weimar: Kiepenheuer, 1975. S. 98.

LUISE BÜCHNER (1821–1877)

Treue 139

L. B.: Frauenherz. Berlin: Hirsch, 1862. S. 50. – Zit. nach: Deutsche Literatur von Frauen. Von Catharina von Greiffenberg bis Franziska von Reventlow. Berlin: Directmedia, 2001. (Digitale Bibliothek 45.)

GOTTFRIED AUGUST BÜRGER (1747–1794)

Die Schatzgräber 146

G. A. B.: Gedichte. Hrsg. von Gunter E. Grimm. Stuttgart: Reclam, 1997. S. 120f.

WILHELM BUSCH (1832–1908)

(1) Das Bad am Samstagabend 63
(2) Ein Maulwurf 129

Kindheit im Gedicht. Deutsche Verse aus acht Jahrhunderten. Hrsg. von Dieter Richter. Frankfurt a. M.: S. Fischer, 1992. S. 709 (1).
W. B.: Was beliebt ist auch erlaubt. Hrsg. von Rolf Hochhuth. Gütersloh: Bertelsmann [1960]. S. 612f. (2).

ADELBERT VON CHAMISSO (1781–1838)

(1) Das Auge 36
(2) Der Müllerin Nachbar 118

A. v. Ch.: Sämtliche Werke in zwei Bänden. Hrsg. von Werner Feudel und Christel Laufer. Bd. 1: Gedichte. Dramatisches. München/Wien: Hanser, 1982. S. 183–185 (1).
Gedichte der deutschen Romantik. Hrsg. von Karl Otto Conrady. München/Zürich/London: Artemis & Winkler, 1994. S. 191 (2).

FRANZ JOSEF CZERNIN (geb. 1952)

luft, sonett 108

Unterwegs ins Offene. Erste Gedichte aus einem neuen Jahrtausend. Hrsg. von Axel Kutsch und Anton G. Leitner. Weilerswist: Verlag Landpresse, 2000. S. 39. – Mit Genehmigung von Franz Josef Czernin, Rettenegg (Österreich).

ULRRIKE DRAESNER (geb. 1962)

jemand gab mir feuer 46

U. D.: für die nacht geheuerte zellen. Gedichte. München: Luchterhand, 2001. S. 7f. – © 2001 bei Ulrike Draesner / © bei Luchterhand Literaturverlag, München, einem Unternehmen der Verlagsgruppe Random House GmbH.

ANNETTE VON DROSTE-HÜLSHOFF (1797–1848)

(1) Das Hirtenfeuer 31
(2) Die Erzstufe 132

A. v. D.-H.: Werke in einem Band. Hrsg. von Clemens Heselhaus. München: Deutscher Taschenbuch Verlag, 1995. S. 69–72 (1), 119–121 (2).

JOSEPH VON EICHENDORFF (1788–1857)

(1) Meeresstille 77
(2) Mondnacht 105

J. v. E.: Werke. Bd. 1: Gedichte. Versepen. Dramen. Autobiographisches. München: Winkler, 1970. S. 285 (2), 342 (1).

HANS MAGNUS ERZENSBERGER (geb. 1929)

Der Fliegende Robert 120

H. M. E.: Gedichte 1950–1995. Frankfurt a. M.: Suhrkamp, 1996. S. 125. – © 1980 Suhrkamp Verlag, Frankfurt am Main.

OTTO ERNST (1862–1926)

Nis Randers 69

Kindheit im Gedicht. Deutsche Verse aus acht Jahrhunderten. Hrsg. von Dieter Richter. Frankfurt a. M.: S. Fischer, 1992. S. 342 f.

THEODOR FONTANE (1819–1898)

(1) John Maynard 41
(2) Der Kranich 121
(3) Herr von Ribbeck auf Ribbeck im Havelland . . . 150

Th. F.: Gedichte. Hrsg. von Karl Richter. Stuttgart: Reclam, 1998. S. 7 (2), 54–56 (1), 85 (3).

ERICH FRIED (1921–1988)

Auf freiem Markt 52

E. F.: Warngedichte. Frankfurt a. M.: S. Fischer, 1992. S. 100f. –

ROBERT GERNHARDT (geb. 1937)

Viel und leicht 152

R. G.: Gedichte 1954–1997. Verm. Neuausg. Zürich: Haffmans, 1999. S. 520. –

JOHANN WOLFGANG GOETHE (1749–1832)

(1) Denn was das Feuer lebendig erfaßt 27
(2) Römische Elegie IX 29
(3) Und wird das Wasser sich entfalten 61
(4) Der Zauberlehrling 64
(5) Durchsichtig erscheint die Luft so rein 103
(6) Und so kommt wieder zur Erde herab 127

J. W. G.: Werke. Bd. 1: Gedichte. Hrsg. von Erich Trunz. München: Beck, 1981. S. 163 (2), 276 (4), 305 (1, 3, 5, 6).

DIETER M. GRÄF (geb. 1960)

Sekunden des Sinai. Endlos 57

D. M. G.: Westrand. Frankfurt a. M.: Suhrkamp, 2002. S. 21. –

CATHARINA REGINA VON GREIFFENBERG (1633–1694)

GOtt-lobende Frülings-Lust! 142

Deutsche Sonette. Hrsg. von Hartmut Kircher. Stuttgart: Reclam, 1979. S. 77.

DURS GRÜNBEIN (geb. 1962)

In der Provinz I 136

D. G.: Nach den Satiren. Frankfurt a. M.: Suhrkamp, 1999. S. 9. – © 1999 Suhrkamp Verlag, Frankfurt am Main.

ANDREAS GRYPHIUS (1616–1664)

Elias 56

A. G.: Gedichte. Eine Auswahl. Stuttgart: Reclam, 1968. S. 21

KAROLINE VON GÜNDERRODE (1780–1806)

Die Malabarischen Witwen 47

K. v. G.: Gedichte, Prosa, Briefe. Hrsg. von Hannelore Schlaffer. Stuttgart: Reclam, 1998. S. 56.

ULLA HAHN (geb. 1946)

Petersiliensommer 148

U. H.: Freudenfeuer. Gedichte. Stuttgart: Deutsche Verlags-Anstalt, ^{2}1986. S. 28. – © 1985 Deutsche Verlags-Anstalt GmbH, Stuttgart.

FRIEDRICH HEBBEL (1813–1863)

Das Kind am Brunnen 75

F. H.: Gedichte. Eine Auswahl. Mit einem Nachwort von U. Henry Gerlach. Stuttgart: Reclam, 1977 [u. ö.]. S. 58f.

GERT HEIDENREICH (geb. 1944)

(1) Theuville, am Kamin, Nacht 30
(2) Am Weßlinger See 85

G. H.: Im Augenlicht. Gedichte. Stuttgart/München: Deutsche Verlags-Anstalt, 2002. S. 61 (1), 65 (2). – © 2002 Deutsche Verlags-Anstalt, München. Mit Genehmigung von Gert Heidenreich, Seefeld-Hechendorf.

HEINRICH HEINE (1797–1856)

(1) Die Lehre 45
(2) Ich bin das Schwert, ich bin die Flamme 52
(3) Ich weiß nicht, was soll es bedeuten 78
(4) Zum Ostwind sprach ich: Ostwind schere dich . . 112
(5) Katharina VI 140

H. H.: Sämtliche Gedichte. Hrsg. von Bernd Kortländer. Stuttgart: Reclam, 1990 [u. ö.]. S. 115 f. (3), 236 (1), 350 (5).
H. H.: Sämtliche Schriften. Hrsg. von Klaus Briegleb. Bd. 1. München: Hanser, 1968. S. 266 (4).
H. H.: Sämtliche Schriften. Hrsg. von Klaus Briegleb. Bd. 4. München: Hanser, 1971. S. 489 (2).

FRIEDRICH HÖLDERLIN (1770–1843)

Der Neckar 87

F. H.: Gedichte. Auswahl und Nachwort von Konrad Nussbächer. Stuttgart: Reclam, 1963 [u. ö.]. S. 70 f.

HEINRICH HOFFMANN (1809–1894)

(1) Die gar traurige Geschichte mit dem Feuerzeug . . 39
(2) Die Geschichte vom fliegenden Robert 119

Kindheit im Gedicht. Deutsche Verse aus acht Jahrhunderten. Hrsg. von Dieter Richter. Frankfurt a. M.: S. Fischer, 1992. S. 656 (2), 697 f. (1).

HEINRICH HOFFMANN VON FALLERSLEBEN (1798–1874)

Der kleine Vogelfänger 123

Kindheit im Gedicht. Deutsche Verse aus acht Jahrhunderten. Hrsg. von Dieter Richter. Frankfurt a. M.: S. Fischer, 1992. S. 608.

ARNO HOLZ (1863–1929)

Een Boot is noch buten! 71

Deutsche Balladen. Auswahl und Nachwort von Konrad Nussbächer. Stuttgart: Reclam, 1967 [u. ö.]. S. 353 f.

GOTTFRIED KELLER (1819–1890)

Seemärchen 79

G. K.: Sämtliche Werke und ausgewählte Briefe. Hrsg. von Clemens Heselhaus. Bd. 3. München: Hanser, 1958. S. 284.

KLABUND (d. i. Alfred Henschke 1890–1928)

(1) Die Pfeife zwischen den Zähnen 109
(2) Berliner Mittelstandsbegräbnis 149

K.: Wo andre gehn, da muß ich fliegen … Ein Lesebuch. Hrsg. von Matthias Wegner. München: btb im Wilhelm Goldmann Verlag, 1998. S. 53 (1), 73 (2).

THOMAS KLING (geb. 1957)

grenzmuseum 1.0 134

Th. K.: morsch. Gedichte. Frankfurt a. M.: Suhrkamp, 1996. S. 27. –

JEAN KRIER (geb. 1949)

Mag ja sein, daß ich mich geirrt habe 94

J. K.: Tableaux – Sehstücke. Gedichte. Blieskastel: Gollenstein, 2002. S. 26. [Abgedr. ist eine vom Autor revidierte Fassung.] – © 2002 Gollenstein Verlag, Blieskastel. – Revidierte Fassung mit Genehmigung von Jean Krier, Bridel (Luxemburg).

KARL KROLOW (1915–1999)

(1) Erinnerung an Feuer 48
(2) Zwitschern 126
(3) Der Fall 130

K. K.: Gesammelte Gedichte 2. Frankfurt a. M.: Suhrkamp, 1975. S. 54 (1). – © 1975 Suhrkamp Verlag, Frankfurt am Main. Wörter kommen zu Wort. 100 Gedichte aus 10 Jahren DAS GEDICHT. Hrsg. von Anton G. Leitner. Düsseldorf/Zürich: Artemis & Winkler, 2002. S. 90 (2). – © 2002 Suhrkamp Verlag, Frankfurt am Main.
Gesammelte Gedichte 4. Frankfurt a. M.: Suhrkamp, 1997. S. 54 (3). – © 1997 Suhrkamp Verlag, Frankfurt am Main.

KARL A. KÜHNE (geb. 1926)

Das liebste Spiel beim Brunnen 82

Originalbeitrag. – Mit Genehmigung von Karl A. Kühne, Mailand.

GÜNTER KUNERT (geb. 1929)

Der Schatten 55

G. K.: Erinnerungen an einen Planeten. Gedichte aus fünfzehn Jahren. München: Hanser, [1963]. S. 60. – © 1963 Carl Hanser Verlag, München.

FITZGERALD KUSZ (geb. 1944)

flӓiß fluß 89

F. K.: Wouhii. Ein Lesebuch. Szenen, Gedichte, Haikus. Cadolzburg: Ars Vivendi Verlag, 2002. S. 128f.– © 2002 Ars Vivendi Verlag GmbH & Co. KG, Cadolzburg.

AXEL KUTSCH (geb. 1945)

Don Quijote 119

Originalbeitrag. – Mit Genehmigung von Axel Kutsch, Bergheim (Erft).

WILHELM LEHMANN (1882–1968)

Im Winter zu singen 136

W. L.: Gesammelte Werke in acht Bänden. Bd. 1: Sämtliche Gedichte. Hrsg. von Hans Dieter Schäfer. Stuttgart: Klett-Cotta, 1982. S. 27. – © 1982 J. G. Cotta'sche Buchhandlung Nachfolger GmbH, Stuttgart.

ANTON G. LEITNER (geb. 1961)

Kanarische Sicht, Weise 91

A. G. L.: Das Meer tropft aus dem Hahn. Fließ, Blätter 1998–2001. Erw. Neuausg. München: Lyrikedition 2000, 2002. S. 13. – Mit Genehmigung von Anton G. Leitner, Weßling.

OSKAR LOERKE (1884–1941)

Birken 143

O. L.: Die Gedichte. Frankfurt a. M.: Suhrkamp, 1983. S. 572. – © 1983 Suhrkamp Verlag, Frankfurt am Main.

FRIEDERICKE MAYRÖCKER (geb. 1924)

(1) tempelhüpfen 58
(2) oder Vermont, an Ernst Jandl 96

Das Gedicht. Nr. 9. Hrsg. von Anton G. Leitner. Weßling: Leitner, 2001. S. 12 (1). – © 2001 Suhrkamp Verlag, Frankfurt am Main.
F. M.: Requiem für Ernst Jandl. Frankfurt a. M.: Suhrkamp, 2001. S. 30 (2). – © 2001 Suhrkamp Verlag, Frankfurt am Main.

EMERENZ MEIER (1874–1928)

Vorfrühling 138

E. M.: Gesammelte Werke. Bd. 2: Gedichte, Briefe, Vermischtes. Grafenau: Morsak Verlag, 1991. S. 43. – © 1991 Morsak Verlag und Druckerei e. K., Grafenau.

DIETER P. MEIER-LENZ (geb. 1930)

(1) abend am meer 92
(2) warten auf wasser 97

Originalbeiträge. – Mit Genehmigung von Dieter P. Meier-Lenz, Serralongue (Frankreich).

PAULUS MELISSUS (d. i. Paul Schede, 1539–1602)

Sonnet Jörgen von Averli, vnd Adelheiten von Grauwart 50

Deutsche Sonette. Hrsg. von Hartmut Kircher. Stuttgart: Reclam, 1979. S. 11.

CONRAD FERDINAND MEYER (1825–1898)

(1) Zwei Segel 90
(2) Die Veltlinertraube 147

C. F. M.: Sämtliche Gedichte. Mit einem Nachwort von Sjaak Onderdelinden. Stuttgart: Reclam, 1978 [u. ö.]. S. 50f. (2), 119f. (1).

EDUARD MÖRIKE (1804–1875)

Der Feuerreiter 34

E. M.: Werke in einem Band. Hrsg. von Herbert G. Göpfert. München/Wien: Hanser, 1977. S. 55f.

CHRISTIAN MORGENSTERN (1871–1914)

Die Luft 116

Ch. M.: Galgenlieder, Palmström, Palma Kunkel, Der Gingganz. Stuttgart: Reclam, 1978 [u. ö.]. S. 25f.

GERHARD NEUMANN (1928–2002)

Luginsland 123

G. N.: Unter Ziegelbränden. Gedichte. Aachen: Rimbaud, 1997. S. 53. – © 1997 Rimbaud Verlagsgesellschaft, Aachen.

NOVALIS (d. i. Friedrich von Hardenberg, 1772–1801)

Badelied 68

N.: Gedichte. Die Lehrlinge zu Sais. Hrsg. von Johannes Mahr. Stuttgart: Reclam, 1984 [u. ö.]. S. 22.

MARTIN OPITZ (1597–1639)

Jhr / Himmel / lufft vnnd wind / jhr hügel voll von schatten 114

Deutsche Sonette. Hrsg. von Hartmut Kircher. Stuttgart: Reclam, 1979. S. 24.

JÜRGEN PREUSS (geb. 1942)

Paradiesel 95

Originalbeitrag. – Mit Genehmigung von Jürgen Preuss, Ratingen.

ILMA RAKUSA (geb. 1946)

Wasserinventar 83

Originalbeitrag. – Mit Genehmigung von Ilma Rakusa, Zürich.

RAINER MARIA RILKE (1875–1926)

An der sonngewohnten Straße 98

R. M. R: Gedichte. Auswahl und Nachwort von Dietrich Bode. Stuttgart: Reclam, 1997. S. 256.

FRIEDRICH RÜCKERT (1788–1866)

(1) Mild beschwichtendes Element 99
(2) Der Sämann 143

F. R.: Kindertodtenlieder. Hrsg. von Hans Wollschläger. Nördlingen: Greno, 1988. S. 150 (1).
F. R.: Gedichte. Auswahl und Nachwort von Johannes Pfeiffer. Stuttgart: Reclam, 1963. S. 13 (2).

FRIEDRICH SCHILLER (1759–1805)

Punschlied 25

F. Sch.: Gedichte. Stuttgart: Reclam, 1999. S. 291.

JUSTUS GEORG SCHOTTELIUS (1612–1676)

Donnerlied 106

Gedichte des Barock. Hrsg. von Ulrich Maché und Volker Meid. Stuttgart: Reclam, 1980. S. 163f.

LUDWIG STEINHERR (geb. 1962)

(1) Feste Welt 60
(2) Privatvorstellung 93

L. S.: Fresko, vielfach übermalt. München: Lyrikedition 2000, 2002. S. 43 (1). – Mit Genehmigung von Ludwig Steinherr, München.
Originalbeitrag (2). – Mit Genehmigung von Ludwig Steinherr, München.

THEODOR STORM (1817–1888)

Walpurgisnacht 115

Th. S.: Gedichte. Hrsg. von Karl Ernst Laage und Ingwert Paulsen jr. Husum: Husum Druck- und Verlagsgesellschaft, 1975. S. 65.

AUGUST STRAMM (1874–1915)

(1) Mairegen 84
(2) Vorfrühling 105

A. S.: Gedichte, Dramen, Prosa, Briefe. Hrsg. von Jörg Drews. Stuttgart: Reclam, 1997. S. 9f. (2), 15 (1).

SULEMAN TAUFIQ EL-AUWAD (geb. 1953)

mataregen 95

S. T.: Das Schweigen der Sprache. Berlin: Edition Orient, 1988. – Mit Genehmigung von Suleman Taufiq el-Auwad, Aachen.

GABRIELE TRINCKLER (geb. 1966)

einer forelle 81

Originalbeitrag. – Mit Genehmigung von Gabriele Trinckler, München.

FRANK WEDEKIND (1864–1918)

Wegweiser 100

Deutsche Sonette. Hrsg. von Hartmut Kircher. Stuttgart: Reclam, 1979. S. 276.

MARIANNE WILLEMER (1784–1860)

Ach um deine feuchten Schwingen 111

Deutsche Gedichte. Von Hildegard von Bingen bis Ingeborg Bachmann. Hrsg. von Elisabeth Borchers. Frankfurt a. M.: Suhrkamp, 1987. S. 103.

Gedichtüberschriften und -anfänge

abend am meer (Meier-Lenz) 92
Abstieg vom Berg (Britting) 137
.. ach, ich weisz es ... (Mayröcker) 58
Ach um deine feuchten Schwingen (Willemer) 111
Ahoi! Klaas Nielsen und Peter Jehann! (Holz) 71
als läge noch eine schicht zwischen ihnen (Bleutge) 122
Am Kreuzweg weint die verlassene Maid (Storm) 115
Am Weßlinger See (Heidenreich) 85
An der sonngewohnten Straße ... (Rilke) 98
An hellen Tagen (Kutsch) 119
Auf die Erde voller kaltem Wind (Brecht) 135
Auf freiem Markt (Fried) 52
Auf Freunde herunter das heiße Gewand (Novalis) . . . 68
Aus Feuer ist der Geist geschaffen (Arndt) 59

Badelied (Novalis) 68
Beim Pflügen (Brockes) 145
Berliner Mittelstandsbegräbnis (Klabund) 149
Birken (Loerke) 143
Boreas (Beil) 112
Brütend liegt ein heißes Schweigen (Meyer) 147

Da draußen rauscht der Regen (Meier) 138
Das Auge (Chamisso) 36
Das Bad am Samstagabend (Busch) 63
Das Feuer treibt Käfer hervor ... (Heidenreich) 30
Das Hirtenfeuer (Droste-Hülshoff) 31
Das Kind am Brunnen (Hebbel) 75
Das liebste Spiel beim Brunnen (Kühne) 82
Denn was das Feuer lebendig erfaßt (Goethe) 27
Der Boden gibt wie immer nach (Krolow) 130
Der Fall (Krolow) 130
Der Feuerreiter (Mörike) 34

DEr Flammen aus der Brust der Mutter hat gesogen (Gryphius) 56
Der Fliegende Robert (Enzensberger) 120
Der Frühling schien schon an dem Tor (Heine) 140
Der Himmel hängt auf dem Pferderücken (Stramm) . . . 84
Der kleine Vogelfänger (Fallersleben) 123
Der Kranich (Fontane) 121
Der Müllerin Nachbar (Chamisso) 118
Der Neckar (Hölderlin) 87
Der Sämann (Rückert) 143
Der Schatten (Kunert) 55
Der Zauberlehrling (Goethe) 64
Die Bäume legen ihre Äste … (Heidenreich) 85
Die Erzstufe (Droste-Hülshoff) 132
Die gar traurige Geschichte mit dem Feuerzeug (Hoffmann) 39
Die Geschichte vom fliegenden Robert (Hoffmann) . . . 119
Die Jäger spannen die Tellereisen (Lehmann) 136
Die laute Welt und ihr Ergötzen (Busch) 129
Die Lehre (Heine) 45
Die Luft (Morgenstern) 116
Die Luft war einst dem Sterben nah (Morgenstern) . . . 116
Die Malabarischen Witwen (Günderrode) 47
Die Mühle, die dreht ihre Flügel (Chamisso) 118
Die Pfeife zwischen den Zähnen (Klabund) 109
Die Schatzgräber (Bürger) 146
Die Veltlinertraube (Meyer) 147
die wimpern des himmels (Meier-Lenz) 97
Dir ist der alte Müller bekannt (Chamisso) 36
Don Quijote (Kutsch) 119
Donnerlied (Schottelius) 106
Dunkel, Dunkel im Moor (Droste-Hülshoff) 31
Durchsichtig erscheint die Luft so rein (Goethe) 103

Een Boot is noch buten! (Holz) 71
Ein alter Urlaubsfilm (Steinherr) 93
ein lastwagen hat ein stück meer geladen (Meier-Lenz) . 92
Ein Maulwurf (Busch) 129

Ein Winzer, der am Tode lag (Bürger) 146
einer forelle (Trinckler) 81
einer forelle den bauch zu kitzeln (Trinckler) 81
Eingefallen am Bahndamm (Grünbein) 136
Elias (Gryphius) 56
Erinnerung an Feuer (Krolow) 48
Es decken Augen, Ringe, Striche (Loerke) 143
Es schien der Mond gar helle (Arnim) 73
Es war, als hätt der Himmel (Eichendorff) 105
Eskapismus, ruft ihr mir zu (Enzensberger) 120

Feste Welt (Steinherr) 60
fläiß fluß (Kusz) 89
fluß fläiß (Kusz) 89
Frau Amme, Frau Amme, das Kind ist erwacht! (Hebbel) 75
Fruchtwasser (Rakusa) 83

Gebranntes Kind (Fried) 52
GOtt sperrt die Erden auf (Greiffenberg) 142
GOtt-lobende Frülings-Lust! (Greiffenberg) 142
grenzmuseum 1.0 (Kling) 134

Hat der alte Hexenmeister (Goethe) 64
Herbstlich leuchtet die Flamme … (Goethe) 29
Herr von Ribbeck auf Ribbeck im Havelland (Fontane) . 150
Hier sieht man Bruder Franz und Fritzen (Busch) 63

Ich bin das Schwert, ich bin die Flamme (Heine) 52
Ich les, daß Feuer eine Wohltat ist (Brecht) 51
Ich, Pallas, war bisher (Birken) 49
Ich seh von des Schiffes Rande (Eichendorff) 77
Ich weiß nicht, was soll es bedeuten (Heine) 78
Ich wurde am Gedächtnis (Ani) 109
Ihr müßt dies Herz nicht schelten (Büchner) 139
Im / Blättersog (Neumann) 123
Im Feld der König Salomon (Rückert) 143
Im Winter zu singen (Lehmann) 136
In deinen Tälern wachte mein Herz mir auf (Hölderlin) 87

In der Provinz I (Grünbein) 136
In einer Margarinekiste habe ich sie begraben (Klabund) 149
In Hiroshima zeigt man einen Brückenbogen (Kunert) . 55
insel sturm (Altmann) 124

Ja Blitze, Blitze! ... (Droste-Hülshoff) 132
jemand gab mir feuer (Draesner) 46
Jhr / Himmel / lufft vnnd wind ... (Opitz) 114
John Maynard (Fontane) 41
John Maynard! (Fontane) 41

Kanarische Sicht, Weise (Leitner) 91
Katharina VI (Heine) 140
Keiner schrie euch, ihr wart nicht begehrt (Brecht) 135
kellergeschoß; so holpriger bodn ... (Kling) 134
Krachen und Heulen und berstende Nacht (Ernst) 69

lästiger Heiligenschein ... (Gräf) 57
laß ein den Segen ... (Mayröcker) 96
leichter sommer (Bleutge) 122
Liebe (Benn) 80
Liebe – halten die Sterne (Benn) 80
Liegst du auf der Ottomane (Klabund) 109
luft, sonett (Czernin) 108
Luft. Spiegelungen (Leitner) 91
Luginsland (Neumann) 123

Mag ja sein, daß ich mich geirrt habe (Krier) 94
Mairegen (Stramm) 84
matar (Taufiq) 95
mataregen (Taufiq) 95
Meeresstille (Eichendorff) 77
Mild beschwichtendes Element (Rückert) 99
Mondnacht (Eichendorff) 105
Mutter zum Bienelein (Heine) 45

Nicht droben, wo die Gipfel schweigen (Britting) 137
Nis Randers (Ernst) 69

Ob du dich Pro oder Contra entscheidest (Beil) 112
oder Vermont, an Ernst Jandl (Mayröcker) 96

Paradiesel (Preuss) 95
Paulinchen war allein zu Haus' (Hoffmann) 39
Petersiliensommer (Hahn) 148
Pralle Wolken jagen sich in Pfützen (Stramm) 105
Privatvorstellung (Steinherr) 93
Punschlied (Schiller) 25

Rauh ging der Wind, der Regen troff (Fontane) 121
Römische Elegie IX (Goethe) 29

Schalt das Licht an (Steinherr) 60
Schwalbenwitz (Brentano) 157
Seelied (Arnim) 73
Seemärchen (Keller) 79
Seh ich den regen Pflug ... (Brockes) 145
Sehet ihr am Fensterlein (Mörike) 34
Sekunden des Sinai. Endlos (Gräf) 57
Sonnet in der Form eines geöffneten Buches (Birken) . . 49
Sonnet Jörgen von Averli, vnd Adelheiten von Grauwart (Melissus) 50
SWefel / Wasser / Feur und Dampf (Schottelius) 106

tempelhüpfen (Mayröcker) 58
Theuville / Am Kamin / Nacht (Heidenreich) 30
Treue (Büchner) 139

Über Schillers Gedicht »Die Glocke« (Brecht) 51
Und als die Nixe den Fischer gefaßt (Keller) 79
Und so kommt wieder zur Erde herab (Goethe) 127
Und wird das Wasser sich entfalten (Goethe) 61

Vamos a la (Preuss) 95
Viel und leicht (Gernhardt) 152
Vier Elemente (Schiller) 25
Von allem viel (Gernhardt) 152

Von der Erde voller kaltem Wind (Brecht) 135
Von der Freundlichkeit der Welt (Brecht) 135
Vorfrühling (Meier) 138
Vorfrühling (Stramm) 105

Wahrlich, wahrlich, ich sage euch (Brentano) 157
Walpurgisnacht (Storm) 115
Wart, Vöglein, wart! jetzt bist du mein (Fallersleben) . . 123
warten auf wasser (Meier-Lenz) 97
Was im Weltkreise rund ... (Melissus) 50
Wasserinventar (Rakusa) 83
Wegweiser (Wedekind) 100
Wenn der Regen niederbraust (Hoffmann) 119
Wer warnt wird gebrandmarkt (Fried) 54
wie mild erscheinen in dem licht ... (Czernin) 108
wolken zerstückeln den himmel (Altmann) 124

Zögernd beginnt dieser Sommer ... (Hahn) 148
Zündhölzer stecken (Krolow) 48
Zum Flammentode gehen an Indusstranden
(Günderrode) 47
Zum Ostwind sprach ich: Ostwind schere dich (Heine) . 112
Zum Wassertrinker bin ich nicht geboren (Wedekind) . . 100
Zwei Segel (Meyer) 90
Zwei Segel erhellend (Meyer) 90
Zwitschern (Krolow) 126
Zwitschern unsichtbarer Vögel (Krolow) 126

Fünfzig erotische Gedichte. 117 S. UB 18070

Fünfzig Kindergedichte. 96 S. UB 18071

Fünfzig Liebesgedichte. 101 S. UB 18008

Gedichte der Romantik. 532 S. UB 8230 – auch geb.

Gedichte des Expressionismus. 261 S. UB 8726

Großstadtlyrik. 413 S. UB 9639

Gute Gedanken für alle Tage. 280 S. Geb.

Herbstgedichte. 86 S. UB 18106

Jahrhundertchronik. Deutsche Erzählungen des 20. Jahrhunderts. 635 S. Geb.

Jahrhundertgedächtnis. Deutsche Lyrik im 20. Jahrhundert. 469 S. UB 9742 – auch geb.

Lyrik der neunziger Jahre. 218 S. UB 18048

Lyrik des Exils. 511 S. UB 8089

Prager deutsche Erzählungen. 498 S. UB 8771

Ring frei! Ein Lesebuch vom Boxen. 240 S. UB 9642

Sommergedichte. 88 S. UB 18105

Weisheit für alle Tage. 151 S. UB 9666

Wintergedichte. 87 S. UB 18107

Philipp Reclam jun. Stuttgart

Anthologien

Auswahl

Das Anekdotenbuch. 276 S. UB 18096

Berlin, mit deinen frechen Feuern. 100 Berlin-Gedichte. 144 S. UB 9640

Die Berliner Moderne. 1885–1914. 722 S. UB 8359

Blaue Gedichte. 136 S. UB 18097

Blumen auf den Weg gestreut. Gedichte. 308 S. Geb.

Deutsche Anekdoten. 400 S. UB 9825

Deutsche Aphorismen. 395 S. UB 9889 – auch geb.

Deutsche Balladen. 647 S. UB 8501 – auch geb.

Deutsche Gedichte. 368 S. UB 8012 – auch geb.

Deutsche Kunstmärchen von Wieland bis Hofmannsthal. 678 S. UB 8440

Deutsche Liebeslyrik. 429 S. UB 7759 – auch geb.

Deutsche Lyrik-Parodien aus drei Jahrhunderten. 335 S. UB 7975

Deutsche Naturlyrik. 539 S. Geb.

Deutsche Parabeln. 308 S. UB 7761

Die deutschen Sprichwörter. 631 S. UB 8453 – auch geb.

Deutsche Unsinnspoesie. 447 S. 117 Abb. UB 9890

Frühlingsgedichte. 85 S. UB 18104